Paulo Ludogero
pelo espírito VIKING

SETE CAVEIRAS

Rio de Janeiro | 2022

Texto © Paulo Ludogero, 2018/2021
Direitos de publicação © Editora Aruanda, 2022

Direitos reservados e protegidos pela lei 9.610/1998.

Todos os direitos desta edição reservados à
Aruanda Livros
um selo da EDITORA ARUANDA EIRELI.

Coordenação Editorial Aline Martins
Preparação Aline Martins
Revisão Editora Aruanda
Design editorial Sem Serifa
Ilustrações André Cézari
Impressão Imo's Editora e Gráfica

Texto de acordo com as normas do Novo
Acordo Ortográfico da Língua Portuguesa
(Decreto Legislativo nº 54, de 1995)

Dados Internacionais de Catalogação na Publicação (CIP)
de acordo com ISBD
Bibliotecário Odilio Hilario Moreira Junior CRB-8/9949

L946s	Ludogero, Paulo
	Sete Caveiras / Paulo Ludogero. – Rio de Janeiro, RJ: Aruanda Livros, 2022.
	256 p. ; 13,8cm x 20,8cm.
	ISBN 978-65-87426-20-4
	1. Umbanda. 2. Ficção religiosa. 3. Psicografia. I. Título.
	CDD 299.6
2022-2735	CDD 299.6

Índice para catálogo sistemático:

1. Religiões africanas   299.6
2. Religiões africanas   299.6

[2022]
IMPRESSO NO BRASIL
https://editoraaruanda.com.br
contato@editoraaruanda.com.br

Dedico este livro à minha mãe, Maria Imaculada, que me ensinou o que é ser um verdadeiro umbandista com ética e moral. Mãe, eu te amo!

Dedico, também, à minha esposa, Catia Ludogero, que sempre me apoia; ao meu filho, Renan Ludogero; ao meu irmão, Edson Ludogero; e a todos os meus irmãos, filhos, netos e bisnetos de santo. Sem vocês, eu nada seria.

Eu honro quem me honra!

SETE CAVEIRAS

Quando entrei lá na calunga,
chefe da banda me recebeu.
Com o tridente e a capa na mão,
assim ele respondeu:
"Me chamo Sete Caveiras, exu, ah, laroiê!
Tenho sete mistérios para ajudar assim você!"

— RENAN LUDOGERO —

Ponto-cantado intuído pelo médium

LIVRO I

O guardião da Luz nas trevas

SETE CAVEIRAS

APRESENTAÇÃO

Minha mãe, Maria Imaculada, conta que, quando eu tinha poucos anos de idade, fui acometido por uma grave doença. Na época, ela, desesperada, viu um espírito na beira de minha cama irradiando luz e cuidando de mim.

No dia seguinte, enquanto meu avô, Durval José dos Santos (*in memorian*), fazia uma sessão de mesa branca na *Tenda Espírita de Umbanda Santa Rita de Cássia*, uma médium manifestou um espírito que se identificou como Eurípedes Barsanulfo, um médico. Minha mãe foi pedir-lhe por minha saúde, mas, antes que ela pedisse, ele falou:

— Minha irmã, não me viu cuidando de seu filho na noite passada? Desse mal, o menino não morrerá. Será um bom médium, escreverá livros e lhe dará orgulho.

Minha mãe me contou essa passagem quando escrevi meu primeiro livro, *Doutrina umbandista para crianças: axé mirim*.

Agradeço a esse grande espírito e a todas as entidades. Em especial, agradeço à Mãe Saipuna, à Cabocla Iracema, ao Caboclo Sete Estrelas, ao Exu Sete Barranceiras, ao Exu Vira-Mundo, ao Exu Veludo, à Erê Marizilda, ao Caboclo do Vento, ao Erê Pedrinho e ao Exu da Meia-Noite. Essas entidades, que assistem minha mãe, Maria Imaculada, meu irmão, Edson Ludogero, e que assistiam meu avô, Pai Durval, cuidaram de mim durante minha infância.

Por fim, agradeço a todas as entidades que hoje tenho ciência de suas existências e que tanto cuidam de mim.

Amo a Umbanda!

Paulo Ludogero
Dirigente da *Casa de Pai Flecha Certeira e Mãe Jaciara*

SETE CAVEIRAS

PREFÁCIO

Como esta é a primeira vez que faço o prefácio de um livro, não fazia ideia de como seria... até eu começar a lê-lo.

Esta é a história de nosso protetor, pai, amigo e guardião, que convive conosco e que teve a permissão de nos revelar uma de suas encarnações. É a história de um jovem médico, doutor na arte da Medicina, que se deixou levar pela ambição e que, em um momento crucial, não atendeu a quem mais precisava: O PRÓPRIO FILHO! Sem atendimento, o menino veio a falecer e o rapaz entrou em depressão, deixando-se levar pela bebida e vindo a óbito. Após o desencarne, conheceu a Pombagira do Cruzeiro, que lhe ensinou a trabalhar na espiritualidade e que está até hoje ao seu lado.

Orgulho-me de ter o Exu Sete Caveiras como guardião, pois ele passou por muitas provações, se arrependeu do mal que fez na Terra e, após o desencarne, soube esperar até receber o que era de seu merecimento.

Com este livro, aprendi que precisamos fazer o bem sem olhar a quem. Não importa quem seja, faça o bem, faça a sua parte. Além disso, também entendi que precisamos aprender a esperar, pois quem espera sempre alcança.

Boa leitura a todos!

Laroiê, exu!

Renan Ludogero

Médium da *Casa de Pai Flecha Certeira e Mãe Jaciara*

SETE CAVEIRAS

PRÓLOGO

—Salve, meu amigo! Algum problema na Terra? Nunca o vejo por aqui...
— Rá, rá, rá, rá! Não, vim vê-lo. Meu velho autorizou e eu vim conversar com você.
— Por quê?
— Ora, você lida com esse negócio de psicografia, eu não!
— Mas nosso médium é ouvinte e o escuta normalmente.
— Eu não tenho tempo para ficar horas ao lado dele e ele escrever somente duas linhas! Não posso ficar falando na mente dele, enquanto ele fica imaginando se está certo ou errado. Você lida melhor com isso. Rá, rá, rá, rá!
— Entendo... O que deseja me contar para que eu transmita a ele?
— Contarei a minha história. Um dia, se meu velho e o Maioral permitirem, ele poderá contar a todos!
— Quando começaremos?
— Agora!

Este diálogo se deu entre uma entidade que se autodenomina Viking e o Exu Sete Caveiras. Após ler e reler essa conversa, entendi que, muitas vezes, as entidades que nos assistem nos transmitem mensagens incansavelmente, e nós não nos damos conta.

Espero estar à altura de transcrever a história de uma entidade tão amada que trabalha comigo.

SETE CAVEIRAS

O INÍCIO

Continente velho, o Novo Mundo ainda não havia sido descoberto.
Nasci em uma família considerada pobre. Era o caçula de sete irmãos, todos homens. Meu pai faleceu logo após meu nascimento, quase não o conheci. Minha mãe trabalhava muito e sempre contava histórias que me motivavam a ser um vencedor, mas, como caçula, sempre fui privilegiado, poupado, mimado...

Antônio, meu irmão mais velho, foi o primeiro a contrair matrimônio. Casou-se com uma linda mulher que sempre chamou minha atenção. Eu a desejava muito! Meus olhos e minha feição diante dela sempre me entregavam.

Minha mãe me advertia, dizendo que era errado e que, como éramos cristãos, minha atitude era considerada pecado. Pecado?! "O que é pecado?", eu sempre me perguntava. Via homens da alta sociedade traindo as esposas com meretrizes e gastando o dinheiro do povo, que pagava os impostos com árduas horas de trabalho.

Sempre via meus irmãos trabalhando, mas eles não conseguiam sequer ter uma vida confortável. Minha mãe dizia que meu pai era um exímio trabalhador que nunca se queixava; mas ele morreu, deixando para mim, minha mãe e meus irmãos várias dívidas a serem pagas. Enquanto isso, a alta sociedade vivia com conforto, aproveitando-se do suor dos trabalhadores do porto, do campo e do comércio local.

Como era muito mimado, não queria trabalhar, e logo me envolvi em muitas coisas erradas que desonravam minha mãe e meus irmãos — todos considerados honrados —, que me criticavam muito e sempre brigavam comigo.

Antônio, em uma conversa, me aconselhou:

— Conrado, preste atenção no que faz! Nossa mãe está morrendo aos poucos... a saúde dela está debilitada, e você precisa parar de dar trabalho a ela.

Nunca dei ouvidos a meu irmão, não porque não o amasse ou não o respeitasse, mas porque me achava superior e não admitia ser chamado atenção. O egocentrismo me deixou assim...

Viking, meu amigo da espiritualidade, me interrompeu:

— Assim como? Um exu com essa aparência?

— Pode-se dizer que sim, meu amigo, mas não foi nessa encarnação que cometi meu maior erro, o que me causou a dor que sinto até hoje!

— Sete Caveiras, sinto que está quase chorando... perdoe-me, mas isso é possível? Um exu pode chorar?

— Meu amigo, um exu verte lágrimas de sangue! Quando o exu não consegue ajudar o médium, por qualquer motivo, muitas vezes pelo ego ou pela vaidade que o consome, nós choramos, porque lutamos para que esse médium seja digno da espiritualidade, mas recebemos a ordem de nossos superiores para nos afastar, deixando-o à mercê dos próprios sentimentos. Esses médiuns nos culpam pelos próprios erros, dizem que fomos presos, que fomos pagos por outras pessoas; jamais enxergam as próprios falhas, e fazem exu chorar. O mesmo se dá com os consulentes que nos enxergam apenas como serviçais do amor. Porém, exu entende sua sina e seu destino! Exu chora quando vê alguém prestes a cometer os mesmos erros que ele incorreu um dia; mas exu também se emociona quando vê o médium crescendo espiritualmente. Exu chora de alegria e de tristeza. Sim, meu amigo, exu chora.

— Continue, Sete Caveiras...

Depois de Antônio tentar me aconselhar, decidi dar uma lição nele. Quem era ele para me julgar! Comecei a flertar com a esposa dele, elogiá-la, estava sempre pronto para lisonjeá-la. Fazia qualquer coisa para ter uma noite com ela.

Minha mãe percebeu, chamou minha atenção e disse que não queria isso na família, pois, se acontecesse algo, seria um desgosto para ela.

Certo dia, minha mãe sentiu uma forte dor no corpo e não pôde mais se levantar. Como eu não trabalhava, passei a cuidar dela e flertar com minha cunhada mais insistentemente. Minha cunhada, sempre muito gentil, nunca me deu atenção e cuidava de mim como se eu fosse um filho mais novo.

Foi assim que tudo começou! Com minha mãe acamada, certo dia fui ajudar minha cunhada nos afazeres com segundas intenções. Como sempre, ela me tratou como um filho, deixando claro que o que eu desejava não aconteceria.

Eu me senti um derrotado, um lixo, e fui à taverna beber. Embriagado, não voltei para casa para ficar com minha mãe.

Ao amanhecer, voltei para casa e encontrei todos os meus irmãos. Assustado, perguntei:

— O que aconteceu? E nossa mãe?

— Conrado, fique calmo! — disse Antônio, assustado. — O doutor já está com nossa mãe. Quando cheguei de manhã, ela me disse que você tinha ido ao porto ver se precisavam de um ajudante. Ela estava com dor, mas não quis lhe contar. O doutor acha que ela não passará desta manhã...

Fiquei transtornado! Deixei minha mãe para trair meu irmão, me embriaguei e ela ainda me defendia. Ao lado de minha mãe, lhe pedi perdão, ela acariciou meu rosto e eu pude sentir sua vida se esvaindo. Não aguentei tamanha dor!

A taverna passou a ser minha casa; as bebidas, minhas companheiras de todos os dias. Meus irmãos e minhas cunhadas tentaram a todo custo me tirar da dor que tomara meu corpo e minha alma. Não podia e não queria contar-lhes a verdade: eu não havia ido ao porto em busca de trabalho e não estava ao lado de nossa mãe.

Envergonhado, bêbado e sem vontade de viver, acabei me atirando ao mar. Vi quando luzes prateadas me envolveram e minha vida se esvaiu. Todos pensaram que havia sido um acidente, uma queda ao mar...

— Viking o que lhe contarei agora não deve transmitir a nosso médium, pois é segredo da Criação. Viver na carne, como sabe, é o maior bem que Deus nos deu...

O exu me pediu para não transmitir esta parte e assim o farei. Basta que apreendam que o processo de cura para um espírito que tira a própria vida é doloroso, mas cheio de amor. O espírito precisa entender que a vida é seu maior bem.

SETE CAVEIRAS

DE VOLTA À CARNE

Continente velho, com o Novo Mundo já descoberto. Nasci novamente em uma família considerada pobre. Desta vez, era o irmão mais velho de sete irmãos. Desde criança, aprendi que, quando se deseja algo na vida, é preciso trabalhar. Também aprendi que todas as lutas devem ser travadas com olhos nos olhos e que a palavra de um homem vale mais que seu dinheiro.

Mas, como todo ser humano, eu queria mais. Muito mais!

As notícias da descoberta do Novo Mundo começaram a me encher de adrenalina e, cada vez mais, eu desejava embarcar em uma aventura.

Meu trabalho na arte da cura era reconhecido até por nobres de terras longínquas que vinham à minha casa. Eu os atendia e, em troca, recebia pedras preciosas como forma pagamento. Ainda assim, em respeito à minha origem, jamais deixei de atender a uma pessoa que não tivesse como pagar minha consulta. Alguns me pagavam com pequenos serviços; outros com alimentos; e muitos com um sorriso no rosto por terem conseguido se curar. Para mim, isso bastava.

Consegui dar conforto para meus pais e meus irmãos. Todos trabalhavam, mas somente eu me destaquei e consegui juntar uma boa fortuna.

Um dia, atendi um nobre chamado Fernando Augusto. Ele me contou que o Novo Mundo era uma terra fértil e que tinha muitas mulheres nativas lindas e virgens. No entanto, o mais impressionante era a quantidade de pedras preciosas e veios de ouro existentes no local. Afortunado seria o homem que conquistasse terras e veios de ouro! Com certeza, seria o rei do Novo Mundo.

Como sempre desejei conhecer o novo continente, a promessa de ouro e pedras preciosas me chamou atenção e a ambição tomou conta de mim. Audacioso e muito trabalhador, estudei para aperfeiçoar minha arte da cura e ir embora para lá. "Preciso conquistar o Novo Mundo!", esse era meu plano.

Meus irmãos me tinham como um exemplo e meus pais se orgulhavam de mim. Pode-se dizer que consegui fazer as pazes com os irmãos e a mãe que tive em outra vida.

Apesar de ser um jovem ambicioso que gostava muito de aventuras, minha família era muito religiosa e nós sempre íamos à missa. Como havíamos ascendido socialmente a um padrão considerado mediano, não demoraria para que meus pais tentassem me casar. Eu, porém, só pensava no Novo Mundo, e um casamento significaria acabar com meus sonhos.

As famílias sempre convidavam o "doutor", como fiquei conhecido, para cortejar suas filhas. Conheci algumas jovens e frequentei a casa de muitas delas. Todos os pais sonhavam em casar suas filhas com o doutor Heitor. Algo em mim, contudo, não permitia que eu me enamorasse.

Isso me incomodava! Já não bastava meus pais, que viviam arrumando encontros para mim, agora, todas as famílias me queriam. Quem não gostaria de casar a filha com um doutor? Rá, rá, rá!

— Heitor, você não pode viver sozinho para sempre! — dizia minha mãe. — Esqueça esse Novo Mundo, existem muitas histórias tristes por lá.

— Mãe, também existem histórias de pessoas que conquistaram terras, descobriram veios de ouro e que estão ricas! Dizem que levará uns cem anos para que aquela terra seja explorada por completo. Mãe, sempre fiz o que me pediu; agora, peço sua bênção para que eu vá.

Ela silenciava.

Minha vida se resumia a pensar no Novo Mundo, trabalhar e ver meus irmãos se enamorarem. Eu continuava recebendo convites para cortejar as jovens e meus pais viviam me apresentando novas famílias com filhas solteiras. Eu, todavia, só pensava nas aventuras que viveria no novo continente.

Muitos navios já haviam partido e voltado. Todos relatavam ser uma terra inóspita, mas muito rica. Não havia conforto, mas quem se aventurasse a seguir para o Novo Mundo poderia ser abençoado com terras e riquezas.

Demorei um pouco para tomar minha decisão e, assim que tomei, informei à minha família que partiria. Pretendia conquistar terras, ajudar pessoas a se curar e, em breve, levar toda a minha família para o nosso castelo. Minha ambição sempre me guiava, e logo eu estaria pronto para embarcar atrás de pedras preciosas.

Vendi tudo o que era meu e arrecadei uma pequena fortuna. Separei uma parte para comprar minha passagem para o Novo Mundo e entreguei o restante para meu pai, pedindo-lhe:

— Pai, garanta que todos aqui tenham uma vida boa. No caso de eu não conquistar nada no Novo Mundo, vocês ficarão bem!

Meu pai assentiu com a cabeça e, junto com minha mãe, aceitou meu destino. Ela, apesar de não gostar da ideia, desejava me ver feliz. Enfim, ela me abençoou e, no dia do embarque, me aconselhou:

— Heitor, meu filho, dizem que, nessa nova terra, muitos são pobres. Não deixe de ajudar todos os que necessitam.

— Sim, minha mãe. Eu me lembrarei de nossa infância e não negarei nossa origem!

Em seguida, embarquei no navio com destino ao Novo Mundo.

SETE CAVEIRAS

A EMBARCAÇÃO

Do navio, pude ver minha família ficando para trás. Em meus planos, logo estaríamos novamente juntos... dessa vez, em nosso castelo. Pretendia chegar, me alocar, conquistar minhas terras e, quem sabe, descobrir um veio de ouro.

Na embarcação, conheci Antônio, um verdadeiro esgrimista que me ensinou a lutar usando a espada. Nunca tinha visto alguém pelejar como ele... era como se a espada fosse a continuação de seu braço. Ele me chamava de doutor-garoto e dizia:

— Doutor-garoto, estou lhe ensinando tudo o que sei, assim como ensinei para meu filho. Nunca use a espada para ameaçar alguém; se a tirar da bainha, deverá estar pronto para lutar.

Antônio tinha um problema na coluna causado por uma queda, mas isso não o impediu de trabalhar e lutar pelos seus.

Durante minhas aulas de esgrima, várias jovens me olhavam e sussurravam pelo navio: "O doutor Heitor, solteiro, está indo para o Novo Mundo!". Eu não tinha olhos para elas, só pensava em conquistar o novo continente.

Apenas uma jovem me encantava. Então, pedi a Antônio que nos apresentasse, pois o vi conversando, várias vezes, com os pais dela. Ele me advertiu:

— Doutor-garoto, ela é uma jovem pobre e inocente. Existem outras jovens pelas quais você pode se encantar.

— Antônio, conversamos há semanas... sabe bem que não sou de brincar com os sentimentos das jovens, mas essa Ana mexe comigo. Eu não sei como, mas meu coração palpita quando a vejo nos observando durante as aulas de esgrima.

— Rá, rá, rá, rá! O doutor-garoto foi fisgado por uma camponesa! Isso se chama amor, Heitor, seu jovem burro. Nunca havia sentido isso?

— Não, Antônio. Conheci e cortejei várias jovens, mas nenhuma causou em mim o que essa jovem causa.

— Está bem! Conversarei com os pais dela.

Dias depois, com a permissão dos pais da moça, Antônio me apresentou a Ana, uma jovem de origem pobre, assim como a minha, que estava com os pais a caminho do Novo Mundo. Como eu, eles também sonhavam em mudar de vida e descobrir uma nova terra, longe dos problemas do antigo continente.

Ana era linda, jovem e inteligente; ela sabia o que desejava no Novo Mundo. Tudo nela me encantava! Não demorou muito para que eu pedisse aos pais dela permissão para namorá-la, e eles me concederam. É claro que Antônio interveio a meu favor, dando-lhes boas recomendações sobre mim.

Eles deviam ter negado o pedido e me atirado ao mar por essa ousadia, mas não! Eles ficaram felizes com o fato de o "doutor" estar encantado pela filha deles.

Meu amigo da espiritualidade, Viking, me interrompeu:

— Por que diz isso, amigo?

— Você teve filho na carne?

— Não.

— Então, você não entenderá — respondeu Sete Caveiras. — No entanto, posso garantir a você, o amor por um filho atravessa a vida e a morte. Nunca acaba! Foi assim com minha mãe, é assim comigo.

— Amo todos os que viveram comigo na carne, em todas as vidas. Não tive filhos em nenhuma delas, mas fui filho e entendo sua dor.

— Rá, rá, rá, rá!

— Percebo que sua risada serve para afastar a dor que sente. Vejo lágrimas em seus olhos — comentou Viking. — Confesso que, para mim, é uma surpresa, pois sempre achei os exus austeros, duros e, até mesmo, sem sentimentos.

— Somos assim, mas temos sentimentos. Nas trevas, não temos tempo para dar vazão às emoções. O choro pode fazê-lo perder a cabeça e ser preso por um inimigo da Luz.

Depois de passarmos semanas no navio, trocando carícias e promessa de amor, como amei Ana! Após minhas aulas com Antônio, passávamos o restante do dia juntos, eu não saía do lado dela. Nós nos amamos muito.

O dia de nossa chegada à nova terra se aproximava e, com ele, uma surpresa nos distanciaria. Não sabíamos que precisaríamos nos separar, mas creio que, ainda que soubéssemos, nos amaríamos da mesma forma. Meus pais haviam entregado ao capitão do navio uma pequena fortuna — parte das economias que deixei com eles — para que fosse dada ao Governador-Local. Era a compra de uma pequena terra no povoado local e, assim, eu receberia uma colocação digna na nova terra. Eu e Ana nada sabíamos, tampouco a família dela. Em nossos planos, encontraríamos um padre assim que desembarcássemos e providenciaríamos o matrimônio.

Escrevi várias cartas, contando as novidades para minha mãe e minha família. Pretendia enviá-las no próximo navio que partisse para o antigo continente. O doutor, enfim, havia se apaixonado e queria se casar, ter filhos e construir uma família no Novo Mundo.

Todas as noites, Ana e eu nos sentávamos olhando para o céu. A temperatura era sempre agradável, diferente das noites frias que tínhamos na terra velha. Planejávamos conquistar, descobrir e ser donos de muitas terras. Ela dizia:

— Eu, uma camponesa, serei desposada por um doutor! Ele me ama, eu o amo e nós seremos muitos felizes!

Até hoje eu a amo. Por semanas, nos amamos profundamente, descobrimos as estrelas e tudo o que a noite poderia nos oferecer.

Durante a viagem, aprendi a lutar com uma espada graças à Antônio — meu pai sempre tentara me ensinar, mas eu nunca quis. Contudo, para ser um conquistador e para proteger Ana, eu precisaria saber lutar. Esse pensamento fez com que eu me tornasse um excelente esgrimista. Proteger Ana e permanecer ao lado dela passaram a ser meus maiores desejos. Acreditava que minha família também a amaria, pois era uma moça simples, trabalhadora e dedicada.

A chegada ao Novo Mundo estava próxima. Nossos planos enfim se tornariam realidade! Ana já nomeava nossos futuros filhos e partilhava com a mãe que seria minha auxiliar no atendimento à população. Os pobres teriam vez, e os mais afortunados teriam de pagar um valor justo pela consulta com o doutor.

"Doutor"! Esse título seria a minha sina e eu o negaria...

— Por que o negaria, meu amigo? — perguntou Viking.

— Rá, rá, rá, rá! Conviver com a dor é uma coisa, revivê-la dia após dia é outra. Honrar para ser honrado é uma coisa, honrar apenas para ter um título é outra.

— Não entendi...

— Viking, recebi esse título por ser alguém que ajudava as pessoas. Quando neguei auxílio justo a quem não poderia, ele deixou de ter sentido. Quem me conhece sabe que não deve me chamar assim, ou sentirá o fio de minha lâmina.

— Sete Caveiras, confesso que conversar com você é extremamente intrigante. Até agora, não vi motivos para você carregar essa dor que o consome, embora eu a sinta. Continue, meu amigo, quero entender essa dor.

Os dias se passaram. Eu e Ana estávamos ainda mais apaixonados e fazíamos muitos planos e promessas de amor. Nossa intenção era nunca nos largarmos.

Já conseguíamos avistar a grande área verde do Novo Mundo. Todos estavam eufóricos! Histórias sobre canibalismo e paganismo multiplicaram-se na embarcação.

O navio ancorou. Demorou um pouco para que as pequenas embarcações nos levassem à costa, mas, enfim, chegou a nossa vez.

SETE CAVEIRAS

O NOVO MUNDO

Era uma terra verde, bem diferente do Velho Mundo. As histórias contadas no navio diziam que os "selvagens" da terra eram canibais. Porém, todo o medo desapareceu quando avistamos tamanha beleza. Tudo nos encantava: as árvores imensas, o clima agradável, o céu estrelado... estávamos no Paraíso! Mas o meu paraíso era Ana.

Assim que desembarcamos, havia guias que nos conduziam às nossas casas. Já naquela época, separavam as pessoas por classe social: pobres viviam com pobres, ricos com ricos. As pessoas desciam das embarcações e logo eram chamadas pelo nome para serem encaminhadas às novas moradas.

Ao lado de minha amada Ana, esperei ser chamado. Todavia, chamaram a família dela primeiro e os encaminharam à Cidade Baixa, onde imaginei que também ficaria. Como vim ao Novo Mundo em busca de terras e fortuna, não havia comprado uma propriedade ou uma colocação. Despedimo-nos, acreditando que em breve nos reencontraríamos.

— Heitor, meu amado — Ana falou —, nunca nos separaremos. Teremos uma família linda!

— Sim, meu amor! Jamais a deixarei.

Fui um idiota! Meu nome não foi chamado e eu fui conversar com o imediato:

— Senhor, meu nome não foi chamado. Sou Heitor...

Fui interrompido bruscamente.

— Sei quem você é! Já mandamos o mensageiro avisar o Governador-Local de sua chegada e providenciar sua moradia.

— Senhor, acho que está me confundindo...

— Aguarde com calma. O mensageiro deve voltar esta noite.

Não entendi nada! Fiquei esperando por horas, enquanto somente pensava o quanto queria estar ao lado de Ana novamente. Por que o Governador-Local precisava saber de minha chegada? Talvez, devido a meus conhecimentos em Medicina.

Quando enfim me chamaram, fui invadido por vários sentimentos: ambição, amor, culpa, revolta e dor.

— Heitor, você é um afortunado! Seus pais enviaram uma pequena fortuna ao Governador-Local e ele o encaminhou para a Cidade Alta. Terá uma moradia e serviçais ao seu dispor.

— Mas eu não trouxe qualquer fortuna!

— Você não, doutor... silenciosamente, seus pais enviaram uma boa quantia pelo capitão, pois sabiam que você não aceitaria. Vamos, você será encaminhado com sua bagagem para a Cidade Alta. Lá, terá muitos pacientes para cuidar.

Não entendia por que meus pais haviam tomado aquela atitude. Sem ação, mas com a ambição já tomando conta de mim, acompanhei meus anfitriões. Meus pensamentos começavam a tomar novos rumos. Agora, eu pretendia me estabelecer na Cidade Alta e trazer Ana e a família para perto de mim. Ela amaria a Cidade Alta!

Depois de um dia de viagem, chegamos à Cidade Alta, onde as pessoas ostentavam riquezas, peles e pedras preciosas. A morada estava limpa e os serviçais à minha espera. Não havia pedido aquilo, sequer imaginara tal situação, mas era a realidade. Eu precisava aproveitá-la e, assim que possível, trazer Ana para perto de mim.

Após me alojar, pensei em avisar Ana que eu estava na Cidade Alta e que iríamos nos casar em breve. Mais uma vez, porém, meus planos foram desfeitos. O Governador-Local me convocou. Fui rapidamente ao encontro dele e ele me disse:

— Heitor, certo? É mesmo um doutor? Tenho uma missão para você.

— Sim, senhor! Meu nome é Heitor e estudei sobre a cura por muitos anos.

— Bem, duas famílias estão em guerra por um veio de ouro. Como sabe, toda guerra tem pessoas que se ferem e que precisarão de você.

— Senhor, onde está o doutor local? Vim para cá com o desejo de conquistar novas terras, e a jovem que amo me espera na Cidade Baixa.

— O quê? Uma jovem da Cidade Baixa? Onde está o doutor local? Quem você pensa que é para me inquirir desta forma?

— Senhor, estou conversando em um tom baixo. Não quis ofendê-lo!

— Esqueça essa jovem e vá se preparar para a guerra, doutor, antes que eu mande prendê-lo por desafiar o Governador!

Segurei a espada firmemente, pronto para me defender, mas Joaquim, um serviçal do alcaide, previu minha ação. Ele tocou meu ombro levemente e, com um gesto, me aconselhou a não agir.

Fora da moradia do Governador, perguntei à Joaquim:

— Quem é esse homem? Que guerra é essa? Não vim aqui para lutar.

— Acalme-se, doutor! Se sacasse a espada, seria um homem morto, pois o Governador mantém três capangas vigiando-o escondidos. Assim que desembainhasse a arma, eles o atacariam.

— Pelas costas?! Que covarde!

— Vamos, doutor. Precisamos nos preparar para a guerra. O Governador espera que as famílias se matem para que ele mesmo assuma o veio de ouro.

— Se aqui é assim, como será na Cidade Baixa? Estou preocupado com Ana!

— Deixe-a por enquanto. Ela está mais segura que aqui! Lá, tem os jesuítas convertendo os selvagens, o comércio com as naus que chegam... Ela deve estar bem, a vida dela não corre risco.

Ao lado de Joaquim, fui me preparar para a guerra. Mal havia chegado e já estava participando de um combate. E Ana? Como estaria? Precisava avisá-la! Ela devia estar achando que eu a havia abandonado.

Joaquim tentava se mostrar um bom amigo, mas eu não confiava nele. Após um dia e meio de viagem, ainda na trilha, cuidamos de dois rapazes que estavam sangrando. Assim que prestamos os primeiros socorros, algumas mulheres da região vieram buscar os feridos.

Depois, em meio a muitos feridos, uma jovem guerreira veio lutar comigo. Não reagi, disse-lhe que estava apenas ajudando e cuidando dos feridos. O nome dela era Maria. Ela se pôs à nossa frente e começou a abrir caminho até que pudéssemos chegar a Pedro, o pai dela, que havia sido esfaqueado. Eu e Joaquim percebemos que ela era uma guerreira feroz e insaciável por sangue.

Joaquim ficou estranho, mas me ajudou em um primeiro momento. Maria, que não tirava os olhos dele, falou:

— Você é Joaquim, o capanga do Governador! O que faz aqui? Veio matar meu pai?

Joaquim se levantou e sacou a espada. Por impulso, saquei a minha e defendi Maria. Ainda sem entender o que estava acontecendo, lutamos muito, até que desferi um golpe fatal e Joaquim sucumbiu. As aulas de Antônio salvaram minha vida.

Estava tudo errado! Fui para aquelas terras para conquistar, não para guerrear; para ajudar e curar, não para matar.

Maria me contou que o pai havia descoberto o veio de ouro e, logo, o Governador quis comprá-lo. Pedro, contudo, não se interessara pela oferta e o Governador, insatisfeito, declarara guerra à família dela. Na verdade, eu fazia parte de um plano maquiavélico do Governador para acabar com a família de Maria.

Descobri que o antigo doutor fora morto em circunstâncias bastante duvidosas. Agora, era eu quem corria o risco de morrer! Minha única chance era salvar Pedro, me juntar à campanha dele e destronar o Governador-Local.

Duas semanas depois, Pedro já havia se recuperado da facada, mas não o suficiente para lutar. Maria, sua fiel escudeira, e os outros dois filhos, Pedro e João, queriam atacar a cidade, mas isso poderia ser considerado uma traição à Coroa. Pedro, o pai, aconselhou que reunissem outras famílias, pois, com a adesão delas, o Governador-Geral entenderia. Mensageiros foram enviados até o Governador-Geral, e nós nos preparamos para destronar o Governador-Local maquiavélico!

Três meses depois, a campanha estava pronta e até o Governador-Geral aderiu a ela, pois muitas reclamações chegaram até ele. Desta vez, eu empunharia a minha espada. Queria voltar para Ana o mais rápido possível.

Invadimos o pequeno povoado. Era uma guerra sem precedentes por um veio de ouro, tantas mortes por fortuna.

Como esperado, o Governador-Local resistiu, causando muitas mortes e inúmeros feridos. Porém, em uma luta sem igual, o senhor Pedro acabou com a vida do Governador-Local e assumiu seu posto.

Cuidei dos feridos e voltei para casa, uma que fora dada pelo novo Governador-Local, o senhor Pedro, pai de Maria.

Fui convidado para um jantar na nova casa de Pedro para celebrarmos nossa vitória. Durante o banquete, ouvi promessas de pedras preciosas e muitas histórias de terras virgens esperando para serem desbravadas.

Mais uma vez, minha ambição tomou conta de mim e, na primeira chance que tive, mandei uma mensagem para Ana. Contei a ela tudo o que acontecera e avisei que partiria em busca de nossa felicidade. A mensagem chegou até ela, que chorou de alegria e, ao mesmo, de tristeza ao saber que ficaríamos afastados por anos.

Sem pensar, embarquei na primeira expedição para desbravar novas terras.

Caminhamos por dias até que travamos nossa primeira batalha com um grupo que queria roubar nossa comida e nossas bagagens. Novas lutas, novas mortes! Lutamos contra muitos nativos que estavam apenas defendendo o que era deles, mas nós nos achávamos os donos de tudo. Lutamos com outros desbravadores, contra bandeirantes, contra exploradores. A cada embate, eu me via como um guerreiro solitário que jamais imaginou estar naquela situação. Eu queria conquistar terras inexploradas, onde ninguém havia pisado; não pretendia lutar por minha vida ou pela terra que estava pisando.

Algumas batalhas poderiam ser descritas mais como um massacre do que como uma luta justa. Os nativos eram solícitos, mas tornavam-se hostis quando percebiam que queríamos nos apoderar das terras deles. Eles nos apresentaram suas mulheres, nós comemos de sua caça e trocávamos objetos — que para nós eram quinquilharia — por comida.

Ajudei a proteger uma aldeia indígena do ataque de outros homens que buscavam pedras preciosas. Foi uma luta sangrenta, mas, se não estivéssemos ali, toda a aldeia — mulheres, crianças e os poucos homens que restaram de outras batalhas — teria sucumbido. Nesta ocasião, ganhei o título de "Espada-Que--Canta" ou "Faca-Grande". O mais velho da aldeia me chamou até a oca, me deu um colar em agradecimento e disse algumas palavras que, naquele momento, não tinham sentido para mim. Um de nossos homens que conhecia a língua nativa traduziu: "Seu sangue está nascendo. Salve seu sangue ou será sua morte!". Anos mais tarde, eu entenderia.

O ancião também ordenou que um jovem guerreiro nos mostrasse onde ficavam as "pedras que brilham", mas deveríamos partir assim que as pegássemos. Gratos por nossa proteção, nos mostraram onde as pedras preciosas ficavam; para outras expedições, eles negaram essa informação e pagaram com a própria vida.

Partimos em busca de nossos sonhos e riquezas. Eu queria o suficiente para dar uma boa vida à Ana e para vivermos bem, não sonhava mais com um castelo para a minha família. As batalhas travadas destruíram meus sonhos, se eu pudesse voltar atrás, jamais teria seguido para a Cidade Alta.

Depois de três anos lutando, conquistando novas terras e acumulando muitas pedras preciosas, decidimos voltar e cumprir com a promessa que eu havia feito ao ancião da tribo. Demoraríamos três anos ou mais para retornar, tudo dependia da sorte. Não podíamos mais lutar, pois tivemos muitas baixas; precisávamos rezar e torcer para que conseguíssemos voltar com vida. Confesso que eu não me lembrava mais de como devia rezar, mas todas as noites eu pedia para, ao menos, poder ver Ana mais uma vez.

Queria deixar para trás todo o sangue derramado, aposentar minha espada, cuidar dos doentes, me casar e, enfim, viver ao lado de Ana. Bastava tanta luta e tanta guerra! Não tinha orgulho de quem me tornara, mas, se eu não matasse, certamente teria morrido.

Nesses três anos, conheci muita selvageria, homens que faziam de tudo para roubar, matar e dar a carne dos inimigos para os animais. Também conheci muitas tribos e indígenas de almas nobres que não mereciam a sorte que lhes fora imposta. Fizemos muitos amigos e muitos inimigos nativos.

Fui salvo e várias vezes salvei meu fiel amigo Hernando, um verdadeiro anjo da guarda que o senhor Pedro havia colocado em minha companhia. Além de ter me impedido de fazer acordos que, com certeza, nos levariam à morte; se não fosse por ele, eu teria morrido nos primeiros dias da expedição. Hernando sabia manejar a espada muito bem, mas não conhecia a covardia e a índole traiçoeira dos homens.

.

SETE CAVEIRAS

DE VOLTA AO POVOADO

Seis anos e alguns meses se passaram. Como estaria Ana? Minha vontade de estar com ela crescia e meu coração acelerava sempre que eu pensava nela.

Dias antes de chegar ao povoado, tive um sonho que me inquietou. O ancião indígena aparecia na minha frente e dizia: "Salve seu sangue ou será sua morte!". O mesmo sonho me atormentou pelo restante dos dias.

Passando por algumas fazendas, os habitantes nos alertaram de que não devíamos ir para o povoado, pois havia uma peste que estava matando todos. Em vez de fugir, aceleramos o passo. Eu precisava ver Ana!

Assim que nos aproximamos da cidade, o ar tinha o cheiro pútrido da morte. Havia pessoas chorando e, quando o senhor Pedro nos avistou, correu com Maria ao nosso encontro.

— Seja bem-vindo de volta, doutor! Precisamos muito de você, uma peste nos assola!

— Mas preciso ver Ana. Como estão todos na Cidade Baixa?

— Pelo que sabemos, estão seguros. A peste ainda não chegou lá.

Pedi que, com todo cuidado possível, enviassem uma mensagem, avisando Ana que eu havia retornado.

Fui direto ver os doentes, que me receberam com sorrisos esperançosos. Os enfermos apresentavam febre alta, dores intensas e muitos alucinavam. Ensinei-os a combater a febre e montamos uma espécie de hospital de campanha para salvar todos. Chegavam doentes de todos os lugares: de outros povoados, das fazendas, mas, para minha felicidade, ninguém da Cidade Baixa. Ana devia estar a salvo.

Infelizmente, eu havia chegado tarde para muitos. Os corpos dos menos afortunados eram atirados em valas coletivas; para os demais, havia um túmulo reservado no cemitério local.

Mal tinha tempo de dormir ou comer. Ex-escravizados me ajudaram muito! Eles o faziam por gratidão, já que eu os havia libertado. Um deles, um senhor de idade, usava ervas e cantigas para cuidar dos enfermos; ele amparava tanto negros quanto indígenas e brancos. Eu não acreditava no que ele fazia, mas, se aquilo trazia conforto para os negros e os indígenas doentes, não me importava. Os brancos reclamavam das rezas, mas muitos imploravam por ela quando viam negros e indígenas melhorando. Os jesuítas reclamavam, mas eu mandava no meu hospital!

Na Cidade Baixa, Ana recebeu minha mensagem e, novamente, chorou de alegria. Olhou para os pais e para o membro mais novo da família, o pequeno Heitor, meu filho, e contou as boas-novas: o doutor havia retornado!

Ana queria me fazer uma surpresa e não me escreveu contando que tínhamos um filho, fruto de nosso amor na embarcação. O pequeno Heitor fora criado com muito amor por Ana e os avós. Amigos indígenas da Cidade Baixa ensinaram Heitor, que estava com quase sete anos, a ser um exímio caçador e pescador. Ele não tinha medo de nada, sonhava apenas em conhecer o pai, o doutor da Cidade Alta. Ana sempre me elogiava e dizia para o menino que minha única preocupação era cuidar deles. Ela não mentiu, mas também não disse que minha ambição nos afastara.

Na Cidade Alta, os doentes aumentavam. Decidi, então, colocar a cidade em isolamento total até que a peste fosse erradicada. Sentia-me impotente, cheguei a pensar que era melhor lutar com minha espada que combater a tal peste.

A doença nos tirou pessoas queridas: Hernando, meu anjo da guarda, e Maria, a filha do senhor Pedro. Ela morreu em meus braços e, antes de dar o último suspiro, me disse:

— Doutor, viva para viver com Ana! Você merece ser feliz, é uma boa pessoa.

Foi como se uma facada perfurasse meu peito. A jovem guerreira havia sucumbido diante da peste, não de uma espada. Ela não merecia morrer assim.

João e Pedro cuidaram do pai, que quase foi à loucura. João chegou a contrair a doença, mas conseguimos salvá-lo. O senhor Pedro não teve a mesma sorte. Ao ver o filho doente, enlouqueceu, fugiu para a mata e nunca mais foi visto. Eu, Pedro e vários homens, muitas vezes, saímos à procura dele, mas nunca o encontramos.

Pedro, o primogênito, assumiu o povoado. Aprendera tudo com o pai e se tornou um grande líder. Após quase um ano de luta, a peste estava perdendo forças. Valas de mortos e cemitérios lotados, essa foi a pior guerra que travei na carne.

Como eu havia isolado o povoado, ninguém tinha notícias nossas e nós não tínhamos de ninguém. Porém, chegou a hora de acabar com o isolamento. Pedro enviou mensagens para todos: "A peste fora vencida. O doutor nos salvou!", dizia.

Pedro me deu autonomia para mandar e desmandar na cidade. Capangas cuidavam de minha segurança, pois havia conquistado muitas riquezas em minha expedição, e eu a usaria para viver bem com Ana. Antes, porém, eu precisava ter a certeza de que estava bem antes de encontrá-la. Minha jovem Ana!

Quando fui avisar Pedro que buscaria minha amada, ele sorriu e disse:

— Já era hora de eu conhecer a senhora Ana, doutor. O senhor merece ser feliz! Antes, porém, vamos beber um bom vinho, pois, depois de tantas tristezas, merecemos.

Pedro abriu uma garrafa e nós a bebemos de uma só vez. Abriu a segunda, a terceira e várias garrafas... falamos de nossas expedições e eu contei a ele sobre a frase que me atormentava: "Salve seu sangue ou será sua morte!". Ele comentou:

— Doutor, os indígenas o impressionaram. São todos pagãos. Esqueça isso!

Continuamos bebendo. Meu coração estava apertado, eu não sabia o porquê.

Fui embora, acompanhado dos capangas que me protegiam. Ao chegar em casa, avistei uma mulher com uma criança no colo. Os capangas se aproximaram e ela disse que estava com o filho doente, que era da Cidade Baixa e que buscava ajuda.

— Viking, minha dor começou naquele momento! — confessou Sete Caveiras. — Ao longo de minha jornada como exu, encontrei várias pessoas que conhecem a minha dor. Existe um motivo, elas me reconhecem!

— De onde o reconhecem, meu amigo?

— Do povoado, das aldeias indígenas que protegi e dos muitos espíritos que ajudei no cemitério.

— Continue, meu amigo...

SETE CAVEIRAS

SALVE SEU SANGUE OU SERÁ SUA MORTE!

Olhei a mulher de longe. Estava com um capuz e a criança, mas eu estava bêbado. A peste estava controlada, ela podia esperar amanhecer. Antes de ir buscar Ana, eu avaliaria a criança. Pedi que os capangas a levassem para um quarto ao qual chamávamos de "hospital".

Ouvi o pranto da moça e senti o coração acelerar, mas não segui minha intuição. Exausto, devido a tantas noites sem dormir, bêbado e ansioso para ir ao encontro de Ana, decidi seguir para a cama.

Por toda a noite, escutei a frase "Salve seu sangue ou será sua morte!". Mal consegui dormir. Levantei-me com um único desejo: ir buscar Ana.

Ao abrir a porta, vi a mulher encapuzada chorando, a criança não se mexia. Meu coração acelerou, receei que tivesse acontecido o pior. Aproximei-me da mulher e perguntei:

— Senhora, como está seu filho? Vou vê-lo agora! Eu ia para a Cidade Baixa, mas atenderei vocês primeiro.

Ela tirou o capuz e meu corpo estremeceu. Fiquei paralisado e comecei a temer pelo que via.

— Doutor, já que não pôde salvar seu filho, dê a ele um funeral decente!

— Ana?! Meu filho?!

Peguei a criança e tentei reanimá-la de todas as formas. Corri para o hospital com ela nos braços e fiquei horas tentando de tudo. Não aceitava o que minha visão e meu conhecimento me diziam.

A notícia se espalhou pelo povoado. Pedro correu para o hospital e me viu ao lado do corpo de meu filho. Ana chorava logo atrás. A todo custo, Pedro tentava me fazer parar de reanimar a criança, ele chorou ao ver meu desespero. Quando o cansaço finalmente me venceu, caí de joelhos e chorei tudo o que estava engasgado. Meu filho! Minha Ana! Eu havia acabado com tudo!

Dirigi-me a Ana e falei:

— Ontem, por que não me disse que era você? Como isso foi acontecer?

— Eu falei para seu capanga que era Ana e que aquele era seu filho. Ele riu e respondeu que o doutor não tinha filhos, a não ser que eu fosse uma meretriz.

A ira tomou conta de mim. Voltei para casa, peguei minha espada aposentada e parti em busca dos capangas. Todos tentaram me impedir, mas foi em vão. Minha espada sentiu o gosto do sangue mais uma vez.

Voltei para perto de Ana e de nosso filho.

— Heitor, o que houve com você? Onde está o doutor que me jurou amor?

Não conseguia responder, a culpa, o remorso e a dor me consumiam.

Pedro cuidou de todos os preparativos do funeral de meu filho com Ana. Todo o povoado me respeitava, me admirava e todos se compadeceram de nossa dor.

Enterramos nosso filho e, dias depois, eu ainda não pronunciava uma palavra sequer. Uma dor imensa comprimia meu peito. Salvei tantos e, cansado e bêbado, não salvei meu filho. Ana, dormindo em minha casa, se aproximou e disse:

— Heitor, ele sempre o amou!

Ana me contou sobre a descoberta da gravidez, as dificuldades na Cidade Baixa, como foi a criação do pequeno Heitor e como ele me admirava. Mesmo distante, ela conseguiu fazê-lo me amar. Pedi a Ana que ficasse comigo, mas ela não quis, disse que não conseguiria, embora continuasse a me amar.

Um mês depois da partida de Ana, virei um homem desonrado, que bebia muito e não ajudava ninguém. Passei a ser temido, não mais admirado. Para mim, qualquer coisa se tornava motivo de briga. Todos os que me desafiavam, tentando roubar a fortuna do "doutor-bêbado", sentiam o fio de minha espada.

Quase todos os dias aparecia um doente. Eu o tratava, mas não o acompanhava. Tornei-me um doutor relapso.

Temendo ser traído e morto, enviei minha fortuna para que Ana, na Cidade Baixa, fizesse o que bem entendesse. Devia ter ouvido minha mãe e jamais ter vindo para esse inferno!

Eu não me alimentava, só bebia, e ameaçava com a espada todos os que tentavam me ajudar ou conversar comigo.

Alguns meses depois, a bebida me consumiu. Enfraquecido, lembrei-me da frase "Salve seu sangue ou será sua morte!". O sangue era meu filho e, sim, eu estava morto.

SETE CAVEIRAS

A LUZ

Em meu quarto, com garrafas de vinho ao redor, vi Pedro entrar. Ele tapou o nariz e começou a chorar. Perguntei-lhe várias vezes por que estava chorando, mas ele se foi. Continuei a beber e fiquei pensando: "Pedro é um ingrato! Ajudei o pai dele, salvei o irmão dele da peste e agora ele vem aqui e se desfaz de mim?".

Minutos depois, Pedro voltou com o João e vários homens. Todos taparam o nariz e ficaram me olhando. Enfurecido, saquei a espada e gritei:

— Seus idiotas, vieram aqui para caçoar de mim? Já se esqueceram do que minha espada é capaz?

— Doutor, se acalme!

A voz veio de minhas costas. Eu me virei e vi Maria, a filha do senhor Pedro que havia morrido em meus braços.

Ela sumiu e eu pude ver meu corpo coberto de insetos e vermes que andavam por toda parte. Fiquei atônito, assustado e imaginei estar tão bêbado que estava alucinando e vendo pessoas mortas. Paralisado, sem entender nada, vi os homens de Pedro enrolando meu corpo em cobertores. João chorava e perguntava ao irmão:

— Por que ele não nos deixou ajudar? Morrer assim, sem ninguém por perto... logo ele, que salvou tantos...

Salvei sim, mas também deixei de salvar e matei!

Percorri a casa à procura de Maria. Se eu estava realmente morto, ela poderia me ajudar. Não a encontrei e fui à igreja, onde todos estavam.

A notícia de minha morte deixou todos perplexos. Muitos choravam, outros me amaldiçoavam. Acompanhei o cortejo de meu corpo e o de mais duas pessoas que haviam morrido na mesma tarde.

Ao adentrar o cemitério, senti um forte calafrio, se é que eu era capaz de sentir algo. Logo avistei Maria no meio do cemitério. Corri até ela e pedi:

— Maria, por favor, me ajude! Estou morto mesmo? Como isso é possível?

— Doutor, acalme-se. Você foi um homem bom, quem sabe a Luz não vem buscá-lo? Volte para perto de sua cova, acompanhe o funeral até o fim e não saia do túmulo por nada!

— Por quê, Maria?

— Por favor, me chame de Cruzeiro, é meu nome agora! Volte para o túmulo e não saia de lá! Espere a Luz vir buscá-lo! Já falei demais, não posso dizer mais nada a você. Pedi permissão para falar com você em agradecimento por tudo o que fez por meu pai e minha família!

— Como assim, Cruzeiro? Quem deu permissão?

— Volte para o túmulo e não saia de lá!

Maria — ou Cruzeiro, agora — gritou comigo de uma forma que me fez tremer. Obedeci e voltei para o túmulo.

Acompanhei todo o cortejo até que o padre jogou água benta no túmulo. Neste instante, um círculo de luz se fez, cercando o túmulo. Ele fez o mesmo nos outros dois túmulos, a diferença é que a Luz veio buscar os outros mortos. A mim, não! Pude ver, claramente, os espíritos dos outros dois acompanhar a Luz, e fiquei esperando ela vir me buscar.

Maria, ou melhor, Cruzeiro, havia me dito para esperar a Luz vir me buscar; se ela não viesse, que eu não ousasse sair do túmulo. Assim eu fiz. Fiquei sentado sobre o túmulo, vendo minha carne cair até sobrar apenas ossos. Sempre que havia um enterro, esperava que a Luz viesse me buscar. Minhas roupas apodreceram e eu me tornei uma caveira nua.

Verti lágrimas de sangue quando vi Ana, envelhecida e acompanhada de Pedro, trazendo flores para meu túmulo. Pude ouvir Pedro dizer:

— Senhora Ana, o doutor foi um grande amigo de meu pai. Se não fosse o Governador-Local tê-lo envolvido em nossa guerra, meu pai teria morrido, mas creio que sua sorte não teria sido tão triste se ele não adentrasse a guerra.

— Pedro, Heitor fez o que precisava fazer! Não o culpo por nada, nem por minha tristeza. Os meses que passamos juntos na embarcação que nos trouxe para esta terra foram os melhores de minha vida. Perder nosso filho da forma como perdemos e ver a ira consumi-lo me entristeceram demais. Não conheci outro homem como ele, creio que o amarei para sempre. Se existe vida do outro lado, Heitor já deve ter encontrado nosso filho e eles estão juntos agora.

Ah, Ana, não! Não encontrei nosso filho, estou preso a este túmulo e nem sei por onde começar a procurá-lo.

Mais de trinta anos se passaram. Assisti ao enterro de João e vi a Luz vir buscá-lo. Vi Pedro, bem mais velho, chorar nos túmulos de Maria e de João. Cruzeiro se aproximou e irradiou uma luz que parecia um bálsamo, curando a dor do pranto.

Todas as vezes em que tentava conversar com Cruzeiro, ela me devolvia um olhar amedrontador. Como era imponente! No cemitério, todos a respeitavam. Eu me calava, me sentava no túmulo e esperava a Luz vir me buscar.

Vi muitos espíritos assustados, sem saber o que fazer, no cemitério. Eu os chamava para perto do meu túmulo e explicava que precisavam esperar a Luz, pois um dia ela viria lhes buscar. Os espíritos que vagavam por ali começaram a me chamar de doutor, pois eu os ajudava de alguma forma.

À noite, o cemitério ficava lotado de espíritos de luz que vinham buscar os que eram merecedores. Eles passavam por meu túmulo, olhavam para mim e nada diziam. Cruzeiro era uma espécie de segurança deles. Eu não conseguia olhar diretamente para eles, pois brilhavam como o sol.

Uma noite, Cruzeiro foi ao meu túmulo e falou:

— Doutor, sua Ana está na Luz e já encontrou o filho de vocês. Ela desejava vê-lo, mas não foi permitido. Recebi a autorização de contar a você.

— Cruzeiro, isso não é justo! Eu a obedeci, nunca saí de meu túmulo e virei uma caveira falante. Por que não posso vê-los?

— Cale a boca, doutor! Com essa aparência, você iria assustá-los, já que eles ainda não conhecem os exus e as pombagiras.

— Exu? Pombagira? O que é isso?

— Doutor, você tem muito o que aprender, mas não sou eu quem vai ensiná-lo. Tenha uma boa noite!

O povoado virou uma cidade, eu não conhecia mais ninguém.

Aceitei de bom grado que minha casa eterna seria o cemitério, até que, certa noite, todos os moradores do cemitério fizeram silêncio, não havia qualquer barulho. Cruzeiro estava inquieta e eu a vi ficar de joelhos quando luzes prateadas surgiram do nada. Eu só via luz, era tão forte que não conseguia ficar olhando. Senti a luz se aproximar e uma imponente voz feminina se dirigiu a mim:

— Meu filho, por que nunca saiu do túmulo?

— Espero a Luz vir me buscar, minha senhora. Se ela não veio, é porque não a mereço.

A luz se afastou e desapareceu. Senti-me condenado a viver ali eternamente.

Em 1889, a Luz veio me visitar novamente. Dessa vez, estava acompanhada de um homem alto que também reluzia e que usava uma capa púrpura tão longa que se perdia de vista.

— Por que você nunca saiu do túmulo? — perguntou o homem de capa.

— Senhor, estou esperando a Luz vir me buscar. Se ela não veio, é porque não a mereço.

Uma voz estridente e metálica ressoou atrás de mim:

— Rá, rá, rá, rá! Eu não disse que esse era dos bons? Gostaria de requisitá-lo para atuar na calunga comigo.

Era uma caveira falante, assim como eu, mas usava uma armadura imponente, uma espada longa e andava livremente pelo cemitério.

Cruzeiro se aproximou, ajoelhou-se e saudou os seres de luz.

— Meu senhor e minha senhora, assim que ele desencarnou, eu o instruí a jamais sair do túmulo, na esperança de que um dia ele pudesse trabalhar conosco. Se ele saísse, estaria à mercê dos inimigos da Luz e dos inimigos que ele mesmo fez. Estou surpresa por ele ter me obedecido, já que era impulsivo e agia sem pensar.

A senhora prateada começou a falar:

— Fez bem, minha filha. Este meu filho atentou contra a própria vida na encarnação anterior. Eu o envolvi com minhas luzes prateadas e o entreguei ao Senhor da Morte. Ele reencarnou e nós continuamos observando-o até agora. Levante-se, Heitor, e renuncie ao seu nome.

O senhor da capa longa tomou a palavra:

— Você não mais se chamará Heitor. Receberá o nome de Sete Caveiras! Irradiará a vida e acolherá a morte.

Um estrondo anunciou a chegada do Senhor da Morte, conhecido como Omolu. O senhor da capa longa o abraçou. A senhora prateada fez o mesmo.

Tudo era novo para mim. Comecei a observar Cruzeiro e Caveira, ambos de joelhos e sempre de cabeça baixa; fiz o mesmo, pois percebi que algo importante estava acontecendo.

O Senhor da morte se aproximou e disse:

— Levante-se, Exu Sete Caveiras, e vista o manto que o identificará como um exu de Omolu.

Ao me levantar, fui envolto por uma luz e meu corpo foi coberto por um manto negro. Era uma capa longa com um capuz que escondia minha face. Recebi uma espada do senhor da capa púrpura, conhecido como Ogum Megê, e um abraço da senhora prateada. Ao abraçá-la, comecei a chorar compulsivamente, pois me lembrei das outras encarnações, nas quais sempre atentei contra minha vida. Ela, mãe Iemanjá, havia me abençoado e, agora, eu ganhava uma nova chance como exu.

SETE CAVEIRAS

SOU EXU SETE CAVEIRAS

A espada que ganhei lembrava muito a minha antiga, mas a nova emanava luz e não tinha marcas de sangue. Exu Caveira foi meu mentor no cemitério e me avisou que, em breve, eu teria um cemitério somente para mim.

Agora, eu podia conversar com Cruzeiro, e quis saber tudo sobre o pai dela, os irmãos e como ela tinha virado a Pombagira do Cruzeiro.

— Doutor, você continua perguntando demais, querendo saber demais! Meu pai foi acolhido pelos indígenas, que trataram os ferimentos tanto da alma quanto da carne dele. Por isso, vocês nunca o encontraram. Ele renunciou à vida na cidade para ensinar os nativos a se defender. Morreu de velhice e está em uma morada na Luz. João reencarnou, Pedro também, e eu os acompanho de longe.

— Cruzeiro, e Ana? E meu filho?

— Tudo a seu tempo. Agora, basta que você saiba que os dois trabalham juntos.

Aprendi todas as regras de como servir à Luz e de como ser um exu. No começo, o aprendizado foi árduo, e eu dizia a Cruzeiro que seria um bom guardião. Então, ela me advertiu:

— Doutor, você ainda não saiu a campo. Muitos inimigos querem sua cabeça. Lembra-se do Governador-Local? Ele é um demônio que jurou se vingar de você, e o fiel capanga dele, Joaquim, tentou por diversas vezes atacá-lo no cemitério. Ainda bem que você me ouviu! Seu túmulo, abençoado pelo padre, o protegeu. Nós, pombagiras e exus, precisamos estar sempre atentos, protegendo os seres de luz em suas jornadas na Terra e nas trevas.

Naquele momento, entendi que, em breve, teria de usar minha espada.

Em 1910, a Umbanda já estava idealizada e concretizada no plano material e eu fui com o senhor Caveira visitar terreiros que praticavam a desobsessão. Em um deles, vi algo que eu reconhecia, mas não sabia de onde. Uma energia muito densa tomou conta do lugar. Caveira sacou a espada e me disse:

— Sete Caveiras, seremos atacados!

Com um gesto, uma falange inteira de exus e pombagiras cercou o terreiro pelo lado de fora, a fim de proteger os trabalhos. Cruzeiro tomou a guarda da porta de entrada, enquanto eu e Caveira nos pusemos à frente. Seres demoníacos surgiram e um deles gritou bem alto:

— Doutor! Então, virou um exu! Agora, é um escravo servindo a outros escravos. Vim acabar com este terreiro, mas o prêmio será ainda melhor. Levarei sua cabeça e escravizarei Maria em meus domínios!

— Quem é você, ser das trevas? — perguntei.

— Trevas? Você é de onde, doutor? Da Luz? Com essa aparência, é o demônio!

O senhor Caveira tentou dialogar e evitar a batalha. Enquanto conversavam, mais demônios chegavam e mais exus e pombagiras se colocavam na defesa. Seria uma batalha épica! Não foi, porque um ser de luz caiu como um raio na frente do terreiro. Era um indígena muito forte, portando um arco e flecha, de pisar firme e imponente. Ele, realmente, impressionava todos.

— Vão embora! Essa casa tem a minha proteção!

Todos sumiram.

O indígena me surpreendeu. Ele agradeceu a todos e foi embora. O demônio também mexeu comigo. Eu, realmente, não era da Luz, mas não me sentia como um escravo. Ou será que era e não havia percebido?

Aquele terreiro seria atacado novamente, o indígena nos avisou. Cruzeiro me explicou que aquele demônio era Joaquim, o capanga do Governador-Local. Juntos, eles tinham um domínio onde escravizavam diversos espíritos e, havia muito tempo, a Luz queria invadir o local, mas não sabia exatamente onde estava localizado.

Por vários meses, montamos guarda esperando a nova investida. Sempre nos revezávamos para ajudar na proteção do terreiro. Um dia, o que Joaquim tanto esperava aconteceu — surpreender eu e Cruzeiro juntos —, e o ataque se deu. Cruzeiro emitiu um chamado mental e, rapidamente, recebemos o reforço de várias falanges.

Joaquim me provocou:

— Doutor, onde está sua Ana? Quem sabe, depois de ter a sua cabeça, eu a leve comigo também...

Ele conseguiu o que queria, mas não conhecia a minha dor. Ana estava com nosso filho, e ninguém a tiraria dele.

— Não sou seu "doutor" nem o "doutor" de ninguém! Sou o Exu Sete Caveiras!

Gritei tão alto que devo ter sido ouvido por toda a Terra. Saquei a espada e, mesmo com os gritos de Cruzeiro para não sair da defesa, fui de encontro a Joaquim. Como disse, ele não conhecia a minha dor.

Todos os exus ficaram atônitos ao me ver combatendo fileiras e mais fileiras de demônios. Cada um que era tocado pela espada dada a mim pelo senhor Ogum Megê, no mesmo instante, era encaminhado para as prisões do cemitério. Fui derrubando um a um. Os exus e as pombagiras, percebendo minha audácia e a aparente vitória, se juntaram a mim. Acabamos com o exército de demônios! Para minha tristeza, Joaquim fugiu antes que eu o alcançasse.

Cruzeiro me chamou de idiota, metido e fanfarrão! Estava realmente brava, mas sorria com nossa vitória. Agora, o baixo astral me chamava de Exu Sete Caveiras, não mais de "doutor". Nas prisões do cemitério onde eu agora reinava, era temido e respeitado. Minha espada era generosa, dera a todos uma nova chance: me servir ou permanecer preso. Minha falange cresceu vertiginosamente em uma única batalha.

Comemoramos muito, o terreiro estava a salvo! Exu Tiriri e a Pombagira Maria Mulambo me agradeceram por livrar o terreiro do qual faziam parte da ameaça demoníaca. Pela primeira vez, um caboclo e um preto-velho chegaram perto de mim para agradecer. Demoraria anos até que Joaquim e o Governador reunissem outro exército. Era tempo suficiente para que eles preparassem os médiuns e montassem uma defesa própria.

Voltamos para o cemitério. Lá, Cruzeiro ordenou que eu tomasse conta da porteira. Os anos se passavam e eu dividia meu tempo entre tomar conta da porteira e visitar as prisões para ver se mais alguém gostaria de integrar minha falange.

Ansiava por uma nova luta, mas Cruzeiro nunca me deixava ir. Só me convocavam quando a ameaça era grande.

Anos depois, Cruzeiro saiu para ajudar outro terreiro. Vi o senhor Caveira e solicitei uma conversa. Tinha algo engasgado, precisava perguntá-lo diretamente:

— Senhor Caveira, sou da Luz ou sou um escravo da Luz?
— Por que essa pergunta, meu amigo?
— Senhor, depois de tantos anos, ainda não pude ver Ana ou meu filho. Além disso, jamais adentrei um terreiro de Umbanda. Sempre obedeci suas ordens e as de Cruzeiro, que vive mandando eu tomar conta da porteira do cemitério. Sou requisitado para embates contra os demônios, e Joaquim disse, em nosso último embate, que eu era um escravo da Luz.
— Você é um idiota mesmo! Cruzeiro manda você tomar conta da porteira porque ela o quer perto dela. Ela o ama! Ela teme que você seja requisitado para servir em outro local. Quanto a entrar em um terreiro de Umbanda, um ser de luz deve requisitar trabalhar com um médium e precisa ter uma ligação com ele ou alguma entidade deve requisitar que você a ajude a evoluir, e ela o ajudará a galgar os passos para que viva na Luz. Mas acredite, doutor, você não gostará de viver na Luz. Aqui, é muito mais divertido! Nós servimos à Luz de bom grado, não somos obrigados a nada. Combatemos as Trevas para ajudar os que estão na Luz; assim, também ajudamos Ana e seu filho. Você ainda tem muito o que aprender! Venha comigo, irei explicar um pouco.

SETE CAVEIRAS

A PRIMEIRA LIÇÃO NA LUZ

Senhor Caveira me envolveu com a capa e nós fomos transportados para um jardim. Começamos a caminhar e logo estávamos na frente de um grande portal que guardava a morada da Luz. Naquele momento, descobri algo que não sabia: o senhor Caveira plasmou uma forma humana, me impressionando. Ele foi logo reconhecido e a Pombagira da Figueira veio nos recepcionar:

— Caveira, meu amigo! Esse deve ser o Sete Caveiras. Sejam bem-vindos!

— Figueira, é bom encontrá-la novamente, mas vim para a reunião e trouxe o doutor para que ele conheça a quem servimos.

— Cruzeiro deixou que você o trouxesse?

— Ela não sabe que estamos aqui. Se não o trouxesse, ele estaria de guarda no portão do cemitério... rá, rá, rá, rá!

Os dois ficaram conversando, ignorando minha presença. Pareciam me conhecer melhor do que eu mesmo. Cruzeiro me amava! Como não percebi? Como ela poderia amar uma caveira?

O lugar era lindo e tinha um aroma incomparável. Dentro da morada, pude ver diversos indígenas, os chamados "caboclos", pretos-velhos e muitas crianças. Também vi um grupo que — na época — achei que fosse de viajantes descansando.

A reunião estava para começar. Todos se ajoelharam e uma luz intensa surgiu do nada. Todos pediram a bênção e curvaram as cabeças. Era o senhor Oxóssi, que abençoou a reunião e se retirou. Fomos abençoados pelo poder das matas. Nunca havia me sentido tão bem, tão inteiro!

O mesmo indígena que acudiu o terreiro que protegíamos entrou e atirou uma flecha que, ao cair, iluminou todo o ambiente. Perguntei a Caveira quem era ele.

— Cale seus ossos, Sete Caveiras! O nome dele é Flecha Certeira; e ele não ganhou esse título à toa. Ele nunca erra o alvo!

Outro ser de luz tomou a frente e disse:

— Sejam bem-vindos! Que Pai Oxalá e Pai Oxóssi abençoem a todos! Muitos terreiros de Umbanda estão sendo abertos e milhares de irmãos de muitas moradas irão compor as linhas de trabalho dos médiuns que estão nascendo. Nossa morada foi incumbida de ajudar esses irmãos a assumirem suas posições dentro dos terreiros. Eu, um dos muitos caboclos Estrela Guia, estou pronto para ajudar aqueles que querem trabalhar como mentores dos médiuns que estão nascendo, e precisarei de todos vocês nesta caminhada. As moradas espirituais já estão ajudando. A Umbanda é muito importante para nós, não podemos falhar nesta missão.

A reunião acabou com uma prece que iluminou a todos, pois emanou uma luz incomparável. Pai Oxalá enviou suas bênçãos a todos os presentes.

O Caboclo Flecha Certeira se aproximou de mim e do Exu Caveira, nos cumprimentou cordialmente e fitou os olhos em mim. Eu não consegui encará-lo. Na verdade, não conseguimos olhar diretamente para os seres de luz, a não ser que eles baixem a vibração. Depois de se despedir, o caboclo sumiu enquanto caminhava à nossa frente.

— Caveira, quando aprenderei a volitar? Como posso mudar minha forma?

— Hoje mesmo, Sete Caveiras. Se eu não estiver enganado, o Caboclo Flecha Certeira estará nos observando. Devemos ter feito algo que irritou a Luz, nunca o vi encarar alguém como ele o encarou. Quanto à sua forma, depende de você!

— Ele que venha! Estarei pronto com a minha espada.

— Seu idiota! Com apenas um brado, você cairia. Lembre-se de que uma legião inteira de demônios recuou quando o viu. Uma única flecha os teria derrotado. Eu já o vi em ação!

— Não, Caveira! Eles se afastaram porque estávamos lá. Ele só nos ajudou.

— Tantos anos conosco, e não aprendeu nada! Vamos embora.

Em outra morada espiritual, o caboclo pediu licença para entrar.

— Salve! Sou Flecha Certeira e vim aqui para conversar com o velho Manuel.

Ele entrou e foi recepcionado próprio preto-velho:

— Menino, como você está? Não me diga que nossa hora já chegou?

— Sua bênção, meu velho?

— Zambi Maior o abençoe! Que o povo do Congo e de Arruda aumentem sua luz! O que está lhe afligindo?

— Nosso médium já foi concebido. Ainda vai demorar alguns anos até que sejamos encaminhados para assumir a mediunidade dele, mas creio ter encontrado o guardião que o senhor queria.

— Como sabe que é ele?

— A dor que o senhor me contou! Eu a senti quando me aproximei dele. Ele está tomando conta de um cemitério e ajuda os encarnados a entrar e a fazer suas oferendas e preces.

— Vou observá-lo à distância. Se for ele mesmo, assim que recebermos a ordem de baixar na Terra, vou chamá-lo!

Na morada onde estávamos, vi a Pombagira da Figueira se despedir do Exu Caveira com muito amor. Depois da despedida, ele voltou a ser uma caveira imponente. Naquela morada, aprendi sobre o poder da amizade e da oração. Desde que deixei o continente velho, nunca sentira tanta paz.

SETE CAVEIRAS

SETE MAUSOLÉUS

Caveira e eu volitamos para o cemitério. Precisava conversar com Cruzeiro.

— Cruzeiro, posso falar com você?

— Ah, doutor, sua voz meiga o entregou... Sim, sempre o amei desde que salvou meu pai. Nunca disse nada, pois sabia de seu amor por Ana e eu o respeito. Quando soube que havia desencarnado, implorei para recebê-lo, pois imaginei que, aqui, teríamos uma chance, mas eu não sabia das circunstâncias de sua morte. Assim que percebi que seu amor por Ana não havia acabado, me contentei em ajudá-lo a se tornar um exu.

— Nada é justo na vida! Não vejo Ana, não vejo meu filho e não correspondi seu amor como deveria.

Eu me afastei de Cruzeiro e me dirigi para a porta do cemitério, a fim de ajudar quem procurasse nossas forças.

Em uma noite fria, uma jovem estava com uma oferenda de cura para um exu. Ela foi até a porta, mas, tremendo de medo, voltou para o carro. Lembrei-me de minha vida na carne; dos tantos que curei e de quem deixei de ajudar. Eu não deixaria de ajudar aquela mulher!

Fui até o carro, irradiei minha capa sobre a moça e sussurrei no ouvido dela:

— Venha, vou ajudá-la a entrar.

Ela entrou, fez a oferenda e, antes de sair do cemitério, agradeceu quem a tinha ajudado. Minha atitude chamou a atenção dos seres de luz que me observavam.

Eu e Cruzeiro nos aproximamos e nos tornamos muito mais que simples amigos. Foram muitas batalhas contra os seres das trevas. Juntos, combatemos magias negativas e formamos uma dupla que chamava a atenção de muitos. Caveira nos tinha como seus guardas de elite. Ninguém ousava profanar nosso cemitério; pois, se tentasse, minha espada logo saía da bainha e cantava no ar.

Aprendi a volitar no cemitério e fora dele. Não tinha permissão de entrar nos terreiros de Umbanda; podia apenas ajudar, quando necessário, do lado de fora.

Certa noite, Caveira se reuniu na morada espiritual com nossos superiores. Quando voltou, estava alegre e, ao mesmo tempo, triste; notamos que havia algo diferente. Com ele, vieram uma pombagira e outra caveira desengonçada, muito parecida comigo no passado. Eu ri por dentro e pensei em como devia parecer um idiota. Graças a Cruzeiro, fiquei sobre meu túmulo e pude aprender, com ela e Caveira, todos os mistérios que envolvem a calunga pequena.

O senhor Caveira me chamou e disse:

— Sete Caveiras, você ganhou um cemitério só seu! Lá, comandará sua falange e terá acesso a todos os cemitérios. Cruzeiro irá com você, não ouso separá-los. Vocês formam uma bela dupla! Já lhe ensinei muitas coisas, mas ainda tem muito a aprender, principalmente a fechar a boca diante dos seres de luz. Um exu que o conhece muito bem o aguarda, ele se aliará a você em sua jornada. Lembrem-se de que meus guardas no baixo astral me informaram que o Governador e o tal Joaquim montaram um novo exército. Se precisarem de mim, me chamem na hora!

Abracei Caveira, meu mentor e amigo, me virei para Cruzeiro, a abracei com força e nós volitamos junto. Deixamos muitos amigos e amigas naquele cemitério.

No novo cemitério, eu e Cruzeiro fomos cordialmente recebidos pelo Exu Sete Catacumbas e pelo Exu Sete Covas, que já nos esperavam. Encostamos a cabeça no chão e pedimos licença ao Senhor da Morte para assumir a calunga pequena; fomos até outro ponto de força e pedimos licença ao Senhor das Passagens; pedimos licença a cada orixá regente da calunga. Ajoelhados, sentimos as bênçãos vindas do Alto, das moradas espirituais. Todo o cemitério se levantou para ver quem havia chegado. Diversas histórias sobre mim e Cruzeiro combatendo o baixo astral corriam pelas calungas e, com nossa chegada, muitos espíritos fugiram sem que precisássemos, sequer, desembainhar as espadas.

Quando nos levantamos, ouvimos uma voz que havia muito não escutava:

— Doutor-garoto, vejo que se tornou um grande exu e que está muito bem acompanhado!

— Antônio! — respondi, surpreso e muito feliz.

Corri e o abracei. Se existia alguém a quem eu devia algo, era Antônio. Graças às aulas de esgrima que ele me deu, pude sair ileso de vários combates.

— Não me chamo mais Antônio, doutor-garoto. Meu nome agora é Sete Mausoléus, e o seu é Sete Caveiras. Está famoso! Derrotar uma legião de demônios praticamente sozinho é feito para poucos exus.

— Ele teve a minha ajuda. Sem mim, já estaria sem cabeça — disse Cruzeiro, sorrindo.

— Ela cuida de mim e eu cuido dela, meu amigo.

Sete Mausoléus me contou tudo sobre o cemitério que eu viria a assumir. Iríamos combater vários seres das trevas que ainda ousavam profanar o campo santo. Diversos exus e pombagiras haviam sucumbido diante de um exército que insistia em invadir o cemitério para capturar espíritos menos afortunados. Segundo Sete Mausoléus, Sete Catacumbas e Sete Covas, o exército respondia a um demônio que se autodenominava Governador.

Olhei para Cruzeiro. Em breve, reencontraríamos Joaquim e o Governador.

SETE CAVEIRAS

CABOCLO GOYTACAZ

Minha missão era tornar o campo santo um local seguro para todos os que quisessem oferendar ali ou apenas passar por ele. Assim, os espíritos poderiam ser tranquilamente encaminhados para seu lugar de merecimento, e não serem presos ou escravizados por um demônio.

A Luz ordenou que eu ajudasse um terreiro localizado perto do cemitério. Sete Mausoléus me levou, junto com Cruzeiro, até o local, que era comandado pelo Caboclo Goytacaz. Ele entrou e eu fiquei esperando do lado de fora. Depois, o exu voltou com um indígena bastante velho que me abraçou e disse:

— Você não conseguiu salvar seu sangue, mas fico feliz de vê-lo aqui conosco.

Era o nativo que, décadas atrás, me avisou sobre meu filho.

— O senhor tentou me alertar, mas não entendi a mensagem. Não sabia que tinha um filho...

— Na época, eu não podia falar mais nada! Agora, estamos sendo atacados durante os trabalhos. Sete Mausoléus comanda nossa defesa, mas está ficando cada vez mais difícil trabalhar e manter os filhos equilibrados. Muitos deles estão sucumbindo aos vícios da carne, pois sofrem influências de seres atrasados... bebem, fumam, maltratam a matéria e tornam difícil a incorporação plena.

— O senhor sabe quem os está atacando?

— Sete Caveiras, acredito que seja o exército de seu algoz — murmurou Sete Mausoléus.

— Mas, senhor caboclo, por que seu terreiro?

Silêncio, ninguém se pronunciou. Cruzeiro percebeu que havia muito mais por trás daquela história; para mim, era apenas mais uma ordem da Luz, me lembrando de que eu não podia pisar nos terreiros de Umbanda. Para mim, bastava saber que haveria uma batalha e que minha espada encaminharia para as prisões todos os que atacassem o terreiro e a calunga que estava sob minha proteção.

O caboclo voltou para dentro do terreiro para conversar com outra entidade.

— É ele mesmo, Manuel de Arruda. Você vai falar com ele?

— Ainda não, Goytacaz. A luz que ele procura está ao alcance dele. Onde estão o filho e a esposa dele?

— Estão em nossa morada. A criança sempre pergunta quando poderá conhecer o pai; a mulher também anseia vê-lo, mas teme quem ele se tornara. O filho vai ingressar na Umbanda como um curumim. A convivência dele, durante a infância, com indígenas novos e velhos permitiu-lhe tal incursão, além da ancestralidade que possui. A mulher ajudará do plano espiritual. Posso fazer uma pergunta, meu velho?

— Sim, Goytacaz. Somos iguais, não precisa baixar o tom para falar comigo.

— Por que ele é importante para o senhor?

— Fui escravizado na África, você sabe disso, e cheguei nesta terra alguns meses após o desembarque dele. Quando o conheci, nunca me tratou como um escravizado, pelo contrário libertou vários de nós e nos deu comida e um bom lugar para dormir. Eu o ajudei na luta contra a peste, vi ele tratando todos como iguais... negros, indígenas e brancos. Eu fazia minhas rezas e usava a magia que aprendi na terra dos orixás; ele nunca me repreendeu, dizia não acreditar, mas permitiu que eu fizesse o que cresse. Vi o desespero do homem quando o filho morreu! Após a morte dele, voltamos a ser escravizados, mas jamais o esqueci. Desencarnei anos depois e o vi no cemitério, sentado no túmulo, de cabeça baixa... senti a dor dele. Pretendia falar com ele, mas a Luz me chamou e segui para ela. Quando Flecha Certeira e eu aceitamos a missão de assumir, junto com nosso médium, que ainda é uma criança, o comando de um terreiro, lembrei-me do doutor. Pedi permissão a nossos superiores para procurá-lo e requisitá-lo. Conversei com o Exu Caveira, mentor dele, e ele o encaminhou para cá, onde poderei observá-lo melhor antes de chamá-lo para a luz do trabalho dentro da Umbanda.

Na calunga, Cruzeiro, inquieta, indagou Sete Mausoléus por que o Governador havia atacado o terreiro. Ele respondeu que não podia contar nada.

Passei a vigiar o terreiro, que era comandado na matéria por uma senhora humilde, mas muito rígida com tudo relacionado à espiritualidade, chamada dona Lídia. Ela era médium de Sete Mausoléus e havia abdicado a tudo em prol do terreiro e dos filhos. Ele tinha muito orgulho em trabalhar com Lídia. Senti uma pontada de inveja, pois, além de não poder pisar dentro de um terreiro, a Luz jamais permitiria que eu trabalhasse na Umbanda. Pelo menos, eu tinha Cruzeiro ao meu lado.

Aos poucos, a cada investida dos demônios para tentar atrapalhar os trabalhos no terreiro, fomos prendendo os lacaios do Governador e de Joaquim. Na calunga, também fizemos a limpa e ninguém mais ousou profanar. Quem gostaria de enfrentar Sete Caveiras e Cruzeiro?

Só faltava limpar o terreiro. Nas moradas espirituais, as reuniões aconteciam e minha presença não era solicitada, mas Cruzeiro e Sete Mausoléus sempre iam e, quando voltavam, me colocavam a par de tudo. A cada vez, eu recebia mais ordens da Luz; em minha mente, ela não me queria dentro dela, mas queria que eu a ajudasse.

O Caboclo Goytacaz preparava os filhos para um ritual de purificação e alguns seres de luz se fariam presentes. Minha presença do lado de fora, mais uma vez, foi solicitada, pois o Governador certamente atacaria.

Enquanto nos preparávamos para a luta, Sete Mausoléus me chamou e me avisou que, independentemente do que acontecesse, eu deveria ficar do lado de fora.

O ritual começou e dona Lídia, médium do Caboclo Goytacaz, primeiro fez uma oferenda para exu do lado de fora. Sete Mausoléus a acolheu e dividiu com todos nós. Durante os trabalhos, vimos que muitos seres de luz estavam chegando.

Cruzeiro estava ao meu lado, mas algo a inquietava, e ela não tirava a mão da espada. Achei melhor nos ocultarmos e usarmos o elemento-surpresa. Assim o fizemos, permanecendo na guarda Sete Mausoléus e sua falange.

O Caboclo Goytacaz incorporou na médium e pediu que todos se preparassem para a purificação. De longe, vi o caboclo usar alta magia — nas mãos dele, as ervas ganharam vida própria e as águas usadas no preparado tornaram-se brilhantes. Um a um, os filhos da casa se ajoelharam e se curvaram para banhar a cabeça e receber as bênçãos do caboclo. Naquele dia, conheci o ritual do amaci!

Comentei com Cruzeiro que todos pareciam bem, que não haveria um ataque. Ela sorriu e concordou cedo demais, pois Joaquim apareceu com sua tropa de demônios.

— Sete Mausoléus, você e sua falange não são páreo para nós! Estamos em maior número. Viemos pegar nosso prêmio, entregue-a e não lutaremos.

— Demônio, saia daqui! Senão, você e seus lacaios serão presos — respondeu o Exu Sete Mausoléus, austeramente.

Quem era a mulher que eles queriam? Não devia ser dona Lídia. Inquieta, Cruzeiro me disse:

— É a sua Ana, doutor! Ela ajuda este terreiro nos rituais de purificação e está lá dentro, chegou junto com os seres de luz.

Fiquei desesperado! Por isso, Sete Mausoléus me pedira para não entrar no terreiro, ele sabia que não hesitaria em vê-la. Eles não miravam o caboclo ou algum médium, queriam Ana e, por meio dela, pretendiam me pegar. Eu precisava ver Ana, mas isso teria de esperar, Joaquim era minha prioridade. Envolvi Cruzeiro com minha capa, volitamos para o lado de Sete Mausoléus e eu enfrentei o demônio:

— Joaquim, este terreiro e todos lá dentro têm nossa proteção!

— Doutor, ainda com essa aparência de caveira? Você devia estar do nosso lado, não aí! Venha comigo e deixaremos este local em paz.

Cruzeiro nem esperou que eu respondesse, pois sabia que eu iria de bom grado. Ela sacou a espada e partiu para cima dos demônios. Corri para perto dela e combatemos toda a tropa. Todas as falanges de exus e pombagiras se uniram a nós. Horas depois, vencemos a batalha e, dessa vez, Joaquim estava sob minha espada.

No terreiro, o ritual terminou em paz. Quando eu estava prestes a golpear Joaquim e mandá-lo para minhas prisões, o Caboclo Goytacaz gritou:

— Pare, Sete Caveiras! Traga-o até aqui!

— Senhor caboclo, sabe que não me calo perante a Luz, por isso ela não me quer dentro dos terreiros... falo demais, mas hoje não tem conversa. Ele vai comigo!

— Obedeça, exu! Traga-o aqui!

Cruzeiro e Sete Mausoléus gritaram para que eu obedecesse ou perderia tudo o que eu havia conquistado. Meus olhos de caveira cuspiam fogo! Minha espada começou a perder o brilho e meu manto negro começou a se dissolver, me deixando nu como antes, até que uma mulher ao lado do caboclo me pediu com a voz mansa.

— Senhor exu, por favor, obedeça o senhor caboclo! Hoje é um dia de vitória, vocês cumpriram a missão de nos proteger e nós a de purificar os filhos desta casa. Muitos espíritos que obsidiavam os filhos da casa já foram presos por vocês. Vejo que seus amigos estão preocupados com sua atitude, não os decepcione.

Desobedecer um ser de luz é o mesmo que lutar contra a Luz. Os exus costumam obedecer sem pensar, mas eu não era um exu comum. Cruzeiro sabia que eu me vingaria de Joaquim, desobedecendo o caboclo, mesmo que isso levasse à minha queda. Contudo, ver Ana ao lado do caboclo me fez recuar, cair de joelhos e começar a chorar. Cruzeiro e Sete Mausoléus correram até mim e a pombagira cochichou em meu ouvido que Ana não sabia quem eu era: o Heitor, o doutor.

Eu me levantei, levei Joaquim até o caboclo, pedi perdão pela desobediência e pela falta de respeito e entreguei o capanga do demônio a ele. Não ousei falar com Ana, mas ela falou comigo:

— Mesmo com essa aparência de demônio, sinto que a pombagira o ama. Vi o desespero dela ao pensar em perdê-lo. Você lembra alguém do passado, sinto que tem um amor sem precedentes por mim, mas também traz ira e dor. Quem é você?

Permaneci em silêncio, com vergonha de minha aparência. Rapidamente, Joaquim foi levado para uma prisão à qual eu não tinha acesso. O Caboclo Goytacaz se aproximou de mim e falou:

— Exu Sete Caveiras, não tenho o que perdoar, você estava agindo conforme seu instinto e recuou a tempo de se arrepender. Que os orixás o abençoem pela vitória que nos proporcionou. Ana, este exu é seu protetor, ele não hesitaria em se entregar para salvá-la das mãos dos demônios. Ele é o doutor Heitor, o pai de seu filho.

Ana se assustou, voltou para dentro do terreiro e, paralisada, por lá ficou. Eu, do lado de fora, permaneci ajoelhado, chorando.

SETE CAVEIRAS

O REENCONTRO COM ANA

Todos os exus e pombagiras do lado de fora ficaram ao meu redor, pois conheciam minha dor. Cruzeiro chorava ao meu lado, me chamando para ir embora; Sete Mausoléus tentou a todo custo me levantar e me levar embora para o cemitério; mas eu não saía do lugar.

— Sete Caveiras, vamos embora! Vamos para nossa calunga, deixe-a se recuperar. Por favor, levante-se e vamos embora! — dizia Cruzeiro aos prantos.

Se fôssemos atacados naquele momento, eu, certamente, teria sido preso.

Deixei a espada cair e tirei o capuz. Todos viram a caveira que eu me tornei: um demônio, trabalhando para a Luz, um soldado frio e vingativo. Coloquei a espada sem brilho à minha frente e meu manto se tornou opaco. De joelhos e chorando, dei um grito de dor que foi ouvido por todo o baixo astral. Até Exu Caveira, distante dali, o caboclo Flecha Certeira e o preto-velho Pai Manuel ouviram. Todos foram ver o que estava acontecendo. Eu me sentia um verme desprezível! Decepcionei Ana mais uma vez, minha aparência de caveira a assustou.

Do lado de dentro, Ana conversava com o Caboclo Goytacaz:

— Minha filha, ele a procura há muito tempo, ele temia que você o visse com aquela aparência e ficasse com medo dele. Todas as batalhas que ele travou até hoje foram com o único intuito de reencontrar você e o menino.

— Mas, senhor caboclo, não é só a aparência, são os sentimentos dele! Ele tem a pombagira com ele, estão juntos, pude ver nos olhos dela que ela o ama. No entanto, a ira o consome. Eu não sabia que ele tinha se tornado um demônio!

— Demônio não, filha. Ele é um exu.

— Mas o aspecto dele, a ira e o modo de lutar me incomodam. Aprendi que a aparência não é tudo, mas os sentimentos dele...

— Você encontrou o amor ao ser levada para perto de seu filho, e esse amor a completou por todos esses anos. Ele, além de ficar afastado de vocês, amargou quase setenta anos sentado sobre o túmulo. A pombagira a que você se refere é Maria, a filha do homem que ele salvou a vida quando encarnado; ela sempre respeitou você e nunca disse a ele que o amava durante a vida na carne, foi ela que cuidou dele durante todos esses anos e que o ajudou a ser o que ele é hoje.

— E o que ele é hoje?

— Um exu valioso! Ele carrega a dor de não ter ajudado o próprio filho e de tê-la decepcionado com a aparência de caveira. Ele é um exu muito respeitado em todas as calungas. O próprio Manuel de Arruda quer trabalhar com ele.

— O Pai Manuel de Arruda?

Uma luz brilhou dentro do terreiro e o preto-velho se apresentou ao lado de Flecha Certeira.

— Que o povo do Congo e o povo de Arruda aumentem sua luz. Eu mesmo, minha filha! Fico feliz por vê-la aqui. Observo Sete Caveiras há muito tempo. Mais tarde, contarei a você o que me une a esse exu; agora, preciso que entenda que, na espiritualidade, não existe lugar para sentimentos negativos. Não importa onde estejam, vocês sempre estarão ligados, e o amor que os une um dia os fará ficar juntos. A pombagira foi e é o único amor que ele tem além de você, ela mesma chegou a jurar defendê-la, junto com ele, de todos os demônios.

— Pai Manuel, sempre ouvi falar sobre sua sabedoria e sua rigidez. O senhor é um verdadeiro pai, é uma honra conhecê-lo.

— Minha filha, há tempos anseio conversar com você e o menino, mas agora não podemos. Sete Caveiras está renunciando a tudo o que recebeu até hoje, ele já tirou o capuz e entregou a espada. Recomponha-se e vá falar com ele, só não revele nada sobre mim ou Flecha Certeira. Ele não pode saber que nós o estamos observando.

Com as bênçãos do preto-velho e dos caboclos, Ana se recompôs, ajoelhou dentro do terreiro e, como um verdadeiro ser de luz, esvaziou os sentimentos, inundou-se de amor e foi falar comigo:

— Doutor, o que houve? Por que está chorando? Eu tinha muito medo do que você havia se tornado, mas hoje vi que é um exu audaz, sem medo de nada! Seu filho, com certeza, terá muito orgulho de você! Hoje mesmo contarei a ele que o encontrei, e que você continua trabalhando para cuidar de nós. Direi a ele que você combateu o demônio que queria me levar e venceu a batalha como um verdadeiro soldado da Luz. Ele conhecerá o pai mais valioso que um curumim poderia ter! Também direi a ele que com você está a mais bela pombagira que já vi, uma guerreira sem igual, e ver os dois lutando, lado a lado, causa inveja a muitos exus e pombagiras.

Cruzeiro chorava compulsivamente. Depois, ela se levantou e perguntou se poderia abraçar Ana, que retribuiu o gesto com muito amor e agradeceu por ela estar cuidando de mim.

Dizem que os exus e as pombagiras não choram, mas, naquele dia, todos os meus amigos e amigas choraram ao ver um ser de luz proferir palavras tão encorajadoras a um exu que estava triste e caído de joelhos.

Ana caminhou até mim, pegou minhas mãos, me devolveu a espada, cobriu minha face com o capuz, esticou a mão para Cruzeiro e agradeceu a nós dois pela proteção. Depois, acariciou minha face, me pediu para tomar conta de Cruzeiro, assim como cuido dela, e disse que, quando a Luz permitir, ficaremos juntos. Meu manto voltou à cor normal e minha espada reluziu novamente.

Do lado de dentro, Flecha Certeira conversava com Pai Manuel:

— O senhor tem razão! Ele é um exu diferente de todos os que conhecemos; o amor e a dor o acompanham. Quando o senhor vai falar com ele?

— Menino, ainda não é a hora. Nosso médium tem a proteção de grandes exus e pombagiras, além de estar sob a tutela do Caboclo Sete Estrelas e da Cabocla Iracema. Primeiro, Sete Caveiras precisa derrotar o Governador, ou nunca terá paz.

Os dois se despediram do Caboclo Goytacaz e voltaram para suas moradas.

Antes de Ana entrar novamente no terreiro, ela me abraçou e eu, quieto até então, falei:

— Ana, me perdoe! Eu nunca devia ter saído em expedição. Quando a guerra acabou, devia ter ido buscá-la. Perdoe-me por estar bêbado naquela noite fatídica!

— Doutor, se não tivesse partido em expedição, jamais ficaria feliz, era seu sonho: conquistar terras e riquezas. Com sua fortuna, salvei muitos indígenas e negros escravizados e construí uma igreja melhor e um pequeno hospital para os pobres. De alguma forma, você ajudou. Agora, quero que volte com a Pombagira do Cruzeiro e seus amigos para sua morada. Trabalhamos juntos para a Luz, mas em moradas diferentes. Deus é tão bom que colocou em seu caminho essa linda pombagira que o ama muito... posso sentir! Fico feliz que tenha alguém ao seu lado. Hoje mesmo contarei a nosso filho sobre este encontro, não mentirei sobre você. Tenho a certeza de que ele ficará feliz!

Ela me abraçou, chamou Cruzeiro para perto dela e pediu novamente que ela continuasse tomando conta de mim.

A Luz, realmente, tem seus mistérios, e não ouso mais questioná-los. Só não entendo por que ela não me quer dentro dos terreiros.

De volta à calunga, fomos recebidos com uma festa para celebrar nossa vitória contra os demônios.

SETE CAVEIRAS

POMBAGIRA CIGANA

Meses se passaram. A paz retornou ao terreiro do Caboclo Goytacaz. A calunga também voltou a ser um lugar sagrado, nenhum demônio ousava nos atacar. Eu e Cruzeiro nos aproximamos ainda mais. Quando aparecíamos juntos, o chão tremia, e nossas histórias correram por todo o baixo astral. Não foi uma vez, mas várias, fomos ajudar outros terreiros, mas sempre do lado de fora.

A Luz continuava a agir sem eu saber. Meu mentor trouxe outra missão que envolvia meu futuro. Eu e Cruzeiro estávamos abraçados próximos do cruzeiro quando recebemos a visita de Caveira. Fiquei feliz ao revê-lo depois de tanto tempo.

— Sete Caveiras, preciso de sua ajuda! Um grupo de ciganos está chegando e com eles está vindo uma pombagira que você e Cruzeiro precisam conhecer. Eles pediram ajuda ao povo da calunga e eu fui incumbido de dar toda a ajuda possível. Sete Mausoléus e Sete Catacumbas podem tomar conta daqui enquanto você e Cruzeiro vão ajudá-la.

— Meu amigo e mentor, fico honrado de poder ajudá-lo novamente, mas preciso fazer uma pergunta: seus soldados do baixo astral informaram algo sobre o Governador?

— Sim. Depois que você derrotou Joaquim e o exército, a ira e o desprezo dele por você aumentaram ainda mais. De acordo com o último informe que recebi, ele libertará as famílias escravizadas de quem o entregar para ele.

— Então, estou a prêmio?

— Cale-se! Vamos, a caravana cigana já deve estar chegando...

Cruzeiro ficou preocupada com a notícia de que eu estava a prêmio. Ordenou que vigiassem toda a calunga e nossas prisões e mandou que todos ficassem atentos a qualquer um que tentasse entrar no cemitério.

— Se o Governador quer você, ele precisará pagar muito caro para levá-lo! — disse Cruzeiro, olhando para mim.

Dei uma gargalhada bem forte e pedi para irmos logo ao encontro dos ciganos. Não podíamos deixar a pombagira nos esperando.

Assim que chegamos à caravana, fomos recebidos pelo Exu Sete Adagas, que nos deu as boas-vindas. O líder do grupo, Roni, nos recebeu com vinho e muita alegria. Eles se pareciam com o grupo de viajantes que tinha visto na morada espiritual e que, certamente, também devia ser de ciganos — como fui idiota!

Eu bebia e gargalhava muito. Os ciganos eram muito alegres e não se assustavam com minha aparência; ao contrário, sentiam-se muito bem ao meu lado. Roni se encantou com Cruzeiro e passou a flertar com ela. A pombagira, ardil como é, ainda conseguiu que ele ensinasse a ela alguns feitiços ciganos.

Conversamos por horas e fomos apresentados à Pombagira Cigana, uma linda jovem. Ela ficou muito amiga de Cruzeiro e as duas conversam e se ajudam até os dias de hoje. Eu e a Pombagira Cigana teríamos juntos uma grande missão, mas ainda não sabíamos.

Naquele dia, ela nos pediu ajuda para desfazer um trabalho que tinha sido feito dentro de uma cova. Um encarnado havia profanado a magia cigana e ela queria desfazer o sortilégio. O cemitério era nosso ponto de força, por isso, falei em voz alta para que todos ouvissem:

— Cigana, considere o trabalho desfeito!

Brindamos com vinho, antecipadamente, a nossa vitória. Como sempre, Cruzeiro me advertiu, cochichando em meu ouvido ao me abraçar:

— Você não sabe a origem do trabalho nem onde fica o cemitério, e já garante o serviço? Sequer os conhecemos direito!

— Já foi tão bem recebida assim? Vinho, danças... nos tratam como iguais! Até o líder, que com certeza é da Luz, nos trata bem. O que poderia dar errado?

— Com sua cabeça a prêmio, não confio em ninguém!

Cruzeiro sempre cuidou de mim e, mais uma vez, ela estava certa. Porém, nunca dou minha palavra em vão; se falo, cumpro, e Cruzeiro sabia disso.

Roni falou que Cigana queria ir sozinha resolver, mas que ele achou melhor pedir ajuda ao povo da calunga. Sete Adagas queria ir junto, mas Roni não deixou. Isso era assunto dela.

Tomei mais uma taça de vinho, envolvi a Pombagira Cigana e Cruzeiro em minha capa e as voltei comigo. Fomos para o cemitério onde estava o trabalho.

Não havia guardiões nas porteiras e não vi luz dentro do cemitério. A escuridão ali era pior que no baixo astral. Eu devia ter ficado quieto!

— Que cemitério é esse? — indaguei à Pombagira Cigana.

— Um cemitério esquecido, meu amigo. Precisamos devolver a luz para ele. Está com medo?

Cruzeiro e ela gargalharam muito. Eu me senti um idiota.

— Cigana, você não me conhece! Se me conhecesse, não teria a ousadia de me fazer essa pergunta. Já enfrentei demônios que você tremeria perto deles... Chega de conversa!

Toda a minha falange respondeu ao meu chamado mental e cercou o cemitério. Saquei a espada e fui para a porteira. As duas se posicionaram atrás de mim, Cruzeiro com a espada e a Cigana com um lenço vermelho e um punhal.

Entramos no cemitério e o primeiro combate foi meu. Derrotei um ser das trevas que prendia espíritos. O caminho estava aberto! Agora, era com ela.

A Pombagira Cigana pegou o lenço, estendeu-o no chão, colocou o punhal no meio e o rodeou com cristais, evocando o poder da lua. Em segundos, todo o cemitério se iluminou. Aqueles que estavam à espreita para nos atacar foram revelados e, ao tentarem fugir, foram presos por minha falange.

A magia cigana é extremamente poderosa; manipulada por uma pombagira de sangue cigano, é mais poderosa ainda.

Cigana sabia exatamente onde o trabalho estava. Ela e Cruzeiro abriram caminho e eu fiquei na retaguarda. Três horas depois, o cemitério foi devolvido à Luz e a seus guardiões. O trabalho fora desfeito.

Antes de voltarmos para a caravana, Cigana pediu que fôssemos ver a pessoa que estava sofrendo com o sortilégio. Chegando ao local, não ousei ingressar na casa. As duas adentraram e eu fiquei tomando conta da entrada.

Então, surgiu um velho de bengala que me perguntou:

— Menino, o que faz aqui?

— Não é da sua conta, velho! Não tem medo de mim?

— Tenho mais medo daquilo que os encarnados podem fazer em nome de Deus.

— Rá, rá, rá, rá! Nisso você tem razão. De onde veio?

— Estava andando pela rua e vi vocês três chegarem. Por que não entrou?

— Minhas amigas foram ver o encarnado que estava sofrendo com a ação negativa de outro encarnado. Fiquei aqui fora tomando conta da entrada.

— Entendo... nego-véio já vai. Como você se chama, menino?

— Você pergunta demais, velho. Parece até comigo. Vá embora!

Então, Cigana e Cruzeiro saíram da casa e viram o velho conversando comigo. Ao se aproximarem, a Cigana pediu-lhe a bênção, o abraçou e agradeceu por ele estar ali. Cruzeiro fez o mesmo. Não entendi nada! Ele se afastou e eu perguntei:

— Quem era ele? Por que vocês pediram a bênção?

— Não sei o nome dele, mas, com certeza, é da Luz. Dava para sentir que ele estava ocultando a luz para nós! — respondeu a Pombagira Cigana.

— Como sou idiota! Um ser de luz vem falar comigo e eu o mando embora.

As duas gargalharam muito e ficaram zombando de mim.

Na caravana cigana, Roni me agradeceu e conversou comigo:

— Sete Caveiras, se um dia precisar de mim e de minha caravana, conte conosco. Em breve, nos reencontraremos e tomaremos mais vinho. A corrente cigana está ingressando na Umbanda e muitos terreiros já reconhecem nosso povo como sendo da Direita. Seria uma honra trabalhar com você na mesma casa.

— Esqueça, barbudo! A Luz não me quer dentro dos terreiros, e estou feliz do lado de fora.

Eu e Roni nos abraçamos e eu ainda tive de ouvir a audácia da Pombagira Cigana:

— Se ficar com medo de entrar em um cemitério abandonado, pode me chamar!

Todos, inclusive Cruzeiro, riram muito. Chamei minha companheira, a envolvi em minha capa e nós dois fomos embora.

Na caravana, o preto-velho conversava com Roni:
— Meu senhor, conseguiu o que queria?
— Sim, cigano. Eu me aproximei dele, mas ele não se lembra de mim! Em breve, nosso médium vai começar o desenvolvimento, só faltam alguns anos.
— Ficaria honrado se pudesse servir na mesma casa que o senhor! Depois de ter sido rejeitado como cigano no local onde tentei trabalhar, não ouso entrar em outro terreiro.
— Eu, mais honrado ainda, meu filho! Flecha Certeira, com certeza, vai concordar.

Fui avisar ao senhor Caveira que estava tudo pronto e que o serviço estava feito, mas reclamei da petulância daquela pombagira. Cruzeiro só ria de mim e, para meu desespero, o senhor Caveira também. Ele me abraçou com muito amor e disse:
— Sete Caveiras, tenho muito orgulho de ver quem você se tornou! Terei ainda mais orgulho quando derrotar o Governador.
Desconfio que o Exu Caveira e o Cigano Roni sempre souberam que eu e a Pombagira Cigana trabalharíamos juntos. Aquela missão serviu apenas para que pudéssemos nos conhecer.

SETE CAVEIRAS

EXU VELUDO, EXU VIRA-MUNDO E EXU DA MEIA-NOITE

De volta à calunga, tive de amargar, por vários dias, Cruzeiro e todos os nossos amigos se divertindo com a petulância daquela pombagira. Sete Mausoléus chegou a me perguntar se eu tinha medo de ficar ao lado dele. Eu só pensava "Aquela pombagira vai pagar caro! Se antes eu não queria, agora anseio por nosso reencontro", mas não dizia nada.

Cruzeiro e Cigana ficaram muito amigas e, por Cruzeiro, eu fiquei feliz — uma amiga alegre era tudo o que ela precisava. Bastava minha tristeza para ela aguentar.

Notícias do baixo astral começaram a preocupar Cruzeiro e toda a calunga. O Governador tinha conseguido montar outro exército e estava à minha caça. Sugeriram que eu fosse para outra calunga, mas eu não quis; jamais fugiria, precisava derrotá-lo, somente assim teria paz. Não podia arriscar que Ana fosse ajudar em um trabalho e fosse capturada.

A médium do Caboclo Goytacaz estava doente, era questão de dias para que ela cumprisse a missão. A casa permaneceu fechada, nenhum médium quis assumir a responsabilidade.

Dona Lídia não se casou nem teve filhos, sua única alegria era o terreiro. Para Sete Mausoléus, foi um golpe no peito, ele amava trabalhar incorporado nela. Ele sempre dizia que aprendia muito com dona Lídia.

Para mim, a preocupação aumentou. Agora, Ana poderia ajudar em outra casa, mas qual? Precisava descobrir; então, fui conversar com meu mentor.

— Salve, sua banda, senhor Caveira!

— Salve a sua também, Sete Caveiras! O que o traz aqui?

— Estou preocupado com Ana. O terreiro do senhor Goytacaz fechou... e se ela for trabalhar em um terreiro onde não posso ajudar? E se o Governador descobrir onde ela está?

— Calma, meu amigo! Ontem mesmo eu estive em uma reunião nas moradas espirituais e conversei com o senhor Goytacaz. Ele me disse que Ana não ajudará nos terreiros por enquanto; ela vai dar atenção ao filho, que em breve trabalhará como curumim.

— Preciso derrotar o Governador! Somente assim terei paz.

— Carecemos de aliados. Precisamos da ajuda dos mais antigos!

— Os mais antigos? Existem exus mais antigos que o senhor?

— Rá, rá, rá, rá! Você não sabe de nada, Sete Caveiras! É um bom exu, disso ninguém duvida, todos querem ter sua espada ao lado, mas existem exus mais velhos que eu e você. Eles guardam mistérios inacessíveis e conhecimentos de magias poderosíssimas! Vou ver aonde podemos ir. Volte para a calunga e me espere lá.

Voltei para a minha calunga e para Cruzeiro. Ela me recebeu com um abraço muito amoroso e perguntou:

— Descobriu algo para que possamos proteger Ana?

— Não. O senhor Caveira disse que existem exus antigos e que pedirá a ajuda deles para derrotarmos o Governador.

— Já ouvi falar deles! São muitos, cujas moradas não são iguais às nossas, eles moram perto e, ao mesmo tempo, longe da Luz; são próximos e, ao mesmo tempo, distantes dos orixás; moram do lado dos encarnados e, ao mesmo tempo, longe deles. Eles conhecem a magia antiga de antes de nascermos na carne. Dizem que são tão antigos que suas últimas encarnações se aproximam da data do Cristo.

Eu me julgava um bom exu, mas, pelo jeito, tenho muito o que aprender...

Exu Caveira, que tinha acesso a várias moradas, foi se encontrar com o preto-velho Pai Manuel de Arruda.

— Salve, meu senhor! Sua bênção?

— Zambi Maior o abençoe! O que o traz aqui?

Após uma longa conversa, o preto-velho respondeu:

— Se ele aceitar trabalhar conosco, será subordinado a três exus: Veludo, Vira-Mundo e Meia-Noite. Os três são antigos! Antes, preciso perguntar ao Caboclo Sete Estrelas, dono da casa, se ele permite que Sete Caveiras os visite.

— Agradeço, meu senhor! Sabe que tenho Sete Caveiras na mais alta estima. Não entendo por que o senhor não fala com ele. Com certeza, ele aceitará trabalhar com o senhor e com todos os que vão compor a coroa de seu médium.

— Caveira, ele não pode ficar pensando em servir à Umbanda, cuidar da calunga, vencer o demônio e proteger a amada...

— Senhor, posso fazer mais uma pergunta?

— Claro, meu filho!

— O senhor vai separá-lo de Cruzeiro? Ela sofreria demais!

— Seu carinho por esses dois me comove! Quem sou eu para decidir o futuro de alguém? Por mim, eles não se separam. Por diversas vezes, ela já provou ser digna das bênçãos dos orixás.

— Perdoe-me se pergunto demais. Aguardarei seu contato. Vamos derrotar o Governador e libertar todos os escravizados que desejarem vir para a Luz. Presentearemos os senhores da Luz e das moradas espirituais com essa vitória.

Dias depois, o preto-velho ordenou que Caveira me levasse sozinho a um lugar determinado pelos exus. Cruzeiro não gostou nada! Só aceitou que eu fosse porque estava com Caveira, senão, teria brigado muito para que eu renunciasse ao encontro.

Fui volitando para o local combinado, que estava na penumbra. O senhor Caveira parou e disse:

— Só posso acompanhá-lo até aqui.

— Por quê?

— Cale-se, Sete Caveiras! Estamos em um território neutro, mas isso não significa que vamos fazer o que queremos!

— Está bem! Se algo acontecer comigo, cuide...

— Cale seus ossos e caminhe!

Comecei a achar que Cruzeiro talvez tivesse razão. Por que Caveira não poderia me acompanhar? Teria sido enganado pelo Governador e me trazido para uma armadilha? Continuei caminhando até que pude ver três exus, um do lado do outro.

— Como vai, doutor? Você por aqui? — perguntou o Exu da Meia-Noite.

— Quem é você? Meu nome é Sete Caveiras e...

— Aqui, você é quem eu quiser que seja! — interrompeu Exu Veludo. — Se Meia-Noite o chama de doutor, doutorzinho será!

O Exu da Meia-Noite, que estava no meio dos outros, era uma escuridão só! Não era possível enxergá-lo. Neste dia, aprendi que nem tudo o que reluz e brilha é bom ou ouro, e nem tudo o que é escuro ou trabalha nas trevas é ruim.

O Exu Veludo era imponente, alto e muito forte. A voz dele fazia tudo estremecer. O terceiro exu se aproximou de mim, me rodeou, me olhou de cima abaixo e disse:

— Sete Caveiras, não é? Você é muito corajoso, outros exus já teriam corrido apenas com a voz de Veludo. Sou Vira-Mundo! O homem da estrela nos mandou aqui. Como podemos ajudar? — falou calmamente, mas o tom da voz era muito austero e bastante desconfiado.

Naquela noite, conheci três exus antigos. Para mim, seria uma honra estar com eles, se não fossem as circunstâncias desesperadoras para mim. Expliquei tudo aos três. Eles deixaram que eu falasse à vontade, até que o Exu da Meia-Noite disse:

— Sete Caveiras, ouvi suas histórias, observei-o de longe derrotar o lacaio do demônio e o vi quase perder tudo se não fosse por sua amada. Também o vi defender várias calungas e expulsar quem as profanasse. Você carrega o manto do Senhor da Morte, assim como eu. Na minha hora grande, acabaremos com aquele demônio!

— Você precisará atrai-lo para fora da toca — completou Exu Veludo. — Quando ele sair, deixe comigo, pois comigo ninguém pode!

Não duvidei das palavras dele, nem ousaria contrariá-lo.

Ainda faltava o Exu Vira-Mundo. Desconfiado, ele se afastou e começou a assobiar. Voltou para mim e perguntou:

— A quem você serve? Por que o homem da estrela nos mandou aqui?

— Eu não sei quem é o homem da estrela. Pedi ajuda ao senhor Caveira, que está lá fora me esperando. Foi ele que me trouxe até vocês. Vejo que desconfia de mim. Você também é um exu antigo, olhe e verá que em mim não há nada além de dor e de uma vontade imensa de acabar com aquele demônio. Você nunca se sentiu perdido e teve de pedir ajuda? Estou aqui, mesmo contra minha vontade, pedindo ajuda! Se vocês me ajudarem, terão minha espada para sempre a servir vocês!

Sem imaginar ou saber de nada, toquei na ferida do exu antigo quando lhe perguntei se nunca havia se sentido perdido. Sim, ele já havia se sentido assim e teve a ajuda de outro muito mais antigo — essa história, porém, quem deve contar é ele.

Ele voltou a andar, assobiando. Parecia uma eternidade! Durante aqueles longos minutos, fiquei imaginando quanto poder têm esses exus e como seria a casa da qual eles cuidavam. Meus pensamentos foram interrompidos quando ele se virou para mim e disse:

— Guarde sua espada para você! Precisará dela no combate! Se precisarmos de ajuda, vamos chamá-lo, mas não queremos sua espada. Também vou ajudá-lo, pode contar comigo.

Vira-Mundo chamou Caveira. Quando ele chegou, se ajoelhou e os saudou respeitosamente:

— Salve, suas bandas! Suas bandas são grandes e têm minha lealdade!

— Volte com Sete Caveiras para sua morada. Quando chegar a hora da batalha, iremos até vocês — explicou o Exu Vira-Mundo.

Nunca me calei diante da Luz; não me calaria diante da Luz nas trevas.

— Senhor Meia-Noite, me chamou de doutor. De onde o senhor me conhece?

— Desde a época em que era um jovem mimado na encarnação anterior. Acompanhei suas batalhas na calunga porque era de meu interesse; nunca intervi porque não me foi solicitado. Agora, é diferente, recebi ordens para ajudá-lo.

Baixei a cabeça, saudei o Exu Veludo e pedi perdão por minha audácia perante as forças dele.

— Chega de conversa! Quanto antes acabarmos com esse demônio, melhor para todos. Prefiro você petulante! Rá, rá, rá, rá!

Todos nós rimos do comentário do senhor Veludo.

Saímos felizes do encontro com os exus antigos, mas mais curiosos sobre eles. Porém, não seria eu quem iria perguntar...

Ao chegarmos na calunga de Caveira, ele disse:

— Sete Caveiras, a Luz deve estar de olho em você. Os três antigos decidiram ajudá-lo!

— Meu amigo, eles receberam ordens de um homem da estrela. Conhece?

— Sei de um Caboclo Sete Estrelas. O aparelho dele tem a mediunidade aguçada e ajuda muita gente. Encarnados e desencarnados pedem auxílio a ele.

— Um dia, visitarei esse médium e o verei trabalhar. Agora, preciso me concentrar em tirar o Governador da toca.

Despedi-me de Caveira e voltei para a minha calunga, onde encontrei Cruzeiro aflita. Assim que me viu, ele correu para me abraçar.

— O que houve? Perdi minha conexão com você por horas! Pensei que havia lhe perdido.

— Calma, meu amor! Estou aqui...

Contei a ela sobre minha experiência com os três exus antigos. Ela ouviu tudo atentamente; ficou muito feliz e curiosa. Quem seria o homem da estrela? Não sabíamos, mas eu tinha a certeza de que, em breve, descobriríamos. Agora, precisávamos pensar em uma forma de atrair o Governador.

SETE CAVEIRAS

PROBLEMAS NA CALUNGA

Na calunga, estava tudo em paz, mas precisávamos pensar em uma maneira de fazer o Governador sair a campo, já que o terreiro do Caboclo Goytacaz estava fechado. Passaram-se semanas e ainda não havíamos encontrado uma forma de atraí-lo. Todos os planos que propus foram rejeitados por Cruzeiro.

Sete Mausoléus foi chamado para ajudar um terreiro comandado pela preta-velha Vovó Maria Conga, e nós fomos com ele. O local havia sido demandado e magias negativas atingiam toda a casa.

Como sempre, esperei do lado de fora, enquanto Sete Mausoléus entrou e voltou com a preta-velha para falar comigo.

— Exu Sete Caveiras e Pombagira do Cruzeiro! Zambi é muito bom mesmo, Sete Mausoléus me falou muito bem vocês.

Cruzeiro se ajoelhou, pediu a bênção da preta-velha e indagou:
— Como podemos ajudar?

Maria Conga explicou que havia tempo, os filhos tinham perdido a vontade de ir ao terreiro. Ela sabia que existia magia no ar, mas os guardiões do terreiro — Exu Tranca-Ruas, Exu Tiriri e Pombagira da Estrada — não conseguiram identificar de onde ela vinha, por isso a preta-velha pedira ajuda.

Eles descarregavam o terreiro frequentemente, a energia melhorava, mas os sintomas voltavam meses depois. Tranca-Ruas nos explicou que chegou a acompanhar cada filho para ver se conseguia pegar o rastro da magia, mas, sempre que estava prestes a descobrir, o rastro sumia.

Senti a energia negativa e, em um impulso, eu e Cruzeiro volitamos seguindo o rastro. Logo, Sete Mausoléus, Tranca-Ruas, Tiriri e Pombagira da Estrada estavam ao nosso lado.

Cemitério antigo, campas abandonadas... eu conhecia aquela calunga, já tinha estado ali. Pedi licença a Tata Calunga, regente daquele campo santo.

— Salve a sua banda, Tata Calunga! Segui um rastro até aqui, mas o perdi assim que cheguei. Peço sua licença para procurar a fonte da energia que está atrapalhando um terreiro.

— Salve a sua banda, Sete Caveiras! A casa é nossa. Rá, rá, rá, rá!

A Luz nos enviou para defender um terreiro e, durante a batalha, eu e Tata Calunga nos conhecemos e nos tornamos amigos.

— Há muito anseio esse reencontro. Os encarnados se esquecem de que tudo o que aqui fazem um dia volta para eles. A calunga tem virado um campo de batalhas de egos, meu amigo. Os encarnados acham que foram atacados e, com o intuito de se defenderem, devolvem magias para inocentes; como é o caso do terreiro que está ajudando.

— Então, sabe o que procuramos?

— Sim, mas você não conseguirá desfazer!

— Tata Calunga, você me conhece, minha espada canta quando quer trabalhar, e ela está cantando! Por que não conseguirei?

— É magia antiga... magia da lua! Só pode ser desfeita por quem trabalha com a lua. Tenho, incansavelmente, tentado destruir essa magia que assola a calunga.

Esse era um problema sério: magia com a lua! Eu conhecia quem invocava o poder da lua, e Cruzeiro também! Ela olhou para mim e disse:

— Não deixe seu orgulho falar mais alto. A preta-velha precisa de nós!

Fiquei horas pensando e tentando descobrir onde estava o trabalho, mas foi em vão. Devia pedir ajuda à Pombagira Cigana. Estaria a Luz agindo contra mim? Pedir ajuda a ela? Pela eternidade, ela me perturbaria!

— Sete Caveiras, o cigano explicou como chamá-los! Chame logo! — insistiu Cruzeiro.

A Luz não estava agindo contra mim, mas a meu favor. Precisava vencer meu ego e pedir ajuda a ela. O terreiro era mais importante do que eu!

Saí do cemitério e, do lado de fora, entoei os mantras que o cigano me ensinou. Ficamos aguardando até que um clarão surgiu perto de nós. Era o cigano com toda a caravana! À frente, o Exu Sete Adagas e, logo atrás, a Pombagira Cigana.

O Cigano Roni me saudou respeitosamente:

— Salve, Sete Caveiras e sua falange! Fico feliz por podermos ajudar, assim como nos ajudou outrora!

— Salve, cigano! Meu amigo, Tata Calunga, nos contou que uma magia lunar está atrapalhando os trabalhos de um terreiro que está sob nossa proteção. Somente quem conhece essa magia pode desfazê-la.

O cigano ficou bastante tenso e me perguntou com um tom nada amistoso:

— Sete Caveiras, magia lunar é uma coisa; magia cigana é outra coisa! A magia cigana só pode ser desfeita pelos ciganos. A magia em questão é cigana?

Não sabia responder. A Pombagira Cigana entrou na conversa:

— Roni, se é cigana ou não, estamos aqui para ajudar. Vou descobrir do que se trata.

A pombagira pegou o lenço, colocou o punhal no meio e recitou algumas palavras em uma língua estranha, evocando o poder da lua. Olhou para Roni e disse:

— Profanaram nossa magia. Novamente, a usaram de forma negativa!

Todos os ciganos ficaram muito tensos e bravos. Roni se voltou para mim:

— Sete Caveiras, eu lhe agradeço, mas, de agora em diante, o trabalho é nosso! Somente uma pessoa cigana pode desfazer uma magia cigana.

— Nada disso! A magia pode ser cigana, mas a calunga é nosso território. Trabalharemos juntos. Cigana, invoque a lua e revele os demônios!

Enquanto ela fazia a magia, chamei minha falange, que cercou o cemitério.

Diversos magos sombrios se revelaram e nós combatemos todos eles. Preciso dizer que os ciganos lutaram muito bem. Tata Calunga, com seu cetro, derrubou todos os que tentavam fugir pelos portais abertos; e Tranca-Ruas, Tiriri e a Pombagira da Estrada se divertiam enquanto prendiam os algozes de seu terreiro.

Ao final, fui agradecer à Pombagira Cigana:

— Cigana, obrigado! Não conseguíamos enxergar a magia... nem Tata Calunga, o regente daqui, conseguiu ver!

— Sete Caveiras, justamente por isso fomos chamados para compor a Umbanda. Muitos sortilégios ciganos estavam sendo feitos de maneira profana, com intenções negativas. Somente os ciganos são capazes de desfazer uma magia cigana! Lamento que nossa magia esteja profanando os pontos de forças dos orixás.

Ela ficou muito triste com a situação. Na verdade, ela e todos os ciganos estavam envergonhados pelo ocorrido.

Fomos todos até Vovó Maria Conga, que nos recebeu alegremente e nos abençoou pela ajuda prestada. Sete Mausoléus deu todo o crédito para mim, e nós ganhamos mais três amigos: Tranca-Ruas, Tiriri e Pombagira da Estrada.

O povo cigano foi conosco até a nossa calunga. Acamparam na rua em frente e, durante a noite, eu pude ver as danças ciganas enquanto bebíamos muito vinho. Os ciganos são muito alegres! Cruzeiro e Cigana conversaram muito, principalmente sobre nosso problema com o Governador, até que Cigana teve uma ideia:

— Vocês precisam que ele saia do esconderijo, certo? Nós não temos morada, somos o vento... Se você ficar conosco no acampamento em frente à calunga, ele pensará que está desprotegido, pois está fora dela; mas todos estaremos à espreita!

Era uma ideia simples, mas que podia dar muito certo.

A Pombagira Cigana criou uma magia que ocultava quase toda a caravana, deixando à vista apenas a barraca de Roni. Por várias noites, eu e Roni nos sentávamos ali e bebíamos vinho, ficando praticamente vulneráveis a qualquer ataque. Agora, era só esperar o Governador!

SETE CAVEIRAS

CABOCLO FLECHA CERTEIRA

Os dias se passaram e ainda não havíamos sido atacados pelo Governador. Estávamos quase desistindo quando a ajuda veio da própria Luz.

Como um raio, o Caboclo Flecha Certeira apareceu na frente da calunga, surpreendendo todos. Ele atirou uma flecha para o alto que, ao cair, revelou toda a caravana. Depois, nos saudou e todos se ajoelharam para saudar o ser de luz. Menos eu! Eu estava irritado por ele ter revelado a caravana.

Cruzeiro, contornando minha falta de respeito, se dirigiu ao caboclo:

— Salve, sua força e sua luz, meu senhor! Fizemos algo errado? O senhor revelou toda a caravana que estava oculta.

— Salve, sua banda, moça! Eu me chamo Flecha Certeira! Não tem nada de errado, mas a caravana precisa ir. Foi solicitada em outro lugar!

Os ciganos começaram a se organizar para ir embora, quando eu comecei a gritar com o caboclo:

— A Luz realmente não me quer, não é?! Encontro amigos que aceitam me ajudar e você vem do alto e os manda embora?!

Todos se calaram. Ele apenas veio caminhando até mim e me olhou nos olhos, permanecendo em silêncio. É impossível encarar um ser de luz; quem o faz está sendo desrespeitoso. Eu sabia disso e fiz o que devia: ajoelhei-me e disse:

— Perdoe-me, senhor caboclo! Prender o demônio do Governador é muito importante para mim, e havíamos montado um ardil para ele.

— Sei de sua história e de seu desespero, mas isso não lhe dá o direito de questionar uma ordem da Luz!

— Sim, senhor!

— Levante-se! Trago uma notícia que vai ajudar a todos! Quem você chama de Governador está nesta dimensão. — Um portal se abriu e nós pudemos ver o esconderijo do demônio. — Os três exus a quem você recorreu nos trouxeram essa informação. A caravana cigana irá para perto de onde ele está, montará acampamento e, quando for a hora certa, vocês atacarão. O demônio deve ser preso e trazido para mim, pois vou entregá-lo a quem deve recebê-lo. Deixo com vocês minha flecha que iluminará todo o local.

A Luz veio nos ajudar! Eu estava sem palavras, Cruzeiro falou em meu lugar:

— Senhor caboclo, estaremos prontos! Quando a Luz permitir, atacaremos e o traremos para o senhor. Gostaria de agradecê-lo!

— Pombagira do Cruzeiro, prendam o demônio e terá me agradecido. Sei que essa missão é muito importante para vocês. Pegue minha flecha e, se precisar, não hesite em soltá-la no ar.

Ele só não disse que também era muito importante para ele. Rá, rá, rá, rá!

— Cuide de todos e não permita que sua ira e seu desejo de vingança atrapalhem a missão — pediu o caboclo, andando em minha direção. — Você tem a bênção da Luz para prendê-lo. Se algo der errado, grite meu nome que minha flecha irá até você. Tome cuidado! Não se esqueça de que seus amigos e sua companheira são mais importantes que o demônio.

As palavras de Flecha Certeira me tocaram profundamente. Pela primeira vez em décadas, fiquei com receio de partir para a luta ao lado de Cruzeiro. Temi por ela.

O caboclo se despediu, abençoou a todos e partiu.

Na morada espiritual, o caboclo e o preto-velho conversavam:

— O que acha, menino? — perguntou Pai Manuel de Arruda.

— Meu velho — respondeu Flecha Certeira —, vai depender dele. Se ele continuar alimentando o egoísmo, não poderemos ajudá-lo ou apoiá-lo! Plantei a semente nele, vamos ver se ele a deixa brotar...

SETE CAVEIRAS

A BATALHA

Agora, era questão de horas ou dias até enfrentarmos o Governador. A caravana cigana era o ardil. Roni e os ciganos sabiam que precisavam agir normalmente. Assim, as festas e as danças continuaram.

Eu e Cruzeiro ficamos escondidos. Na calunga, todos esperavam por nosso chamado. Falei para Cruzeiro:

— Povo que gosta de cantar e dançar é esse daí! Beirando a batalha, nem consigo pensar nisso!

— Sete Caveiras, se você fosse menos impulsivo nos julgamentos, veria que a dança deles está muito diferente. Veja a Pombagira Cigana com o Exu Sete Adagas... enquanto eles dançam, um campo protetor é criado em volta deles; além disso, o lenço dela está mais brilhante e o brilho dele se expande, protegendo a caravana.

Comecei a observar... as danças ciganas são pura magia! Os gestos das mãos e do corpo criam pequenos campos energéticos que absorvem a negatividade. O olhar deles é penetrante e, com a visão, conseguem descarregar quem quer que seja.

De longe, a Pombagira Cigana olhou para Cruzeiro e falou mentalmente com a amiga:

— Preparem-se, um grupo está chegando!

Cruzeiro pegou a espada, colocou a mão em mim e disse:

— Hoje, o libertaremos de seu pesadelo. Abrace-me forte!

Eu a abracei fortemente e acariciei seu belo rosto. Meus ossos tremeram, pois parecia um abraço de despedida. Naquele instante, lembrei-me das palavras do caboclo: "Cuide de todos". Comecei a me sentir um egoísta, pois todos estavam ali, correndo perigo, por minha causa! Por meus sentimentos, por minha Ana e por meu filho! Se todos caíssem perante o Governador, seria minha culpa.

Com esses pensamentos, continuei abraçando Cruzeiro e disse a ela:

— A vida não foi justa conosco! Você merecia alguém melhor do que eu! Não consigo mais viver sem você, mas colocar você, os ciganos e todos os nossos amigos em perigo é egoísmo demais de minha parte.

Nem deixei Cruzeiro responder, volitei sozinho para a frente da caravana cigana, sem esperar o sinal deles. Olhei para a Pombagira Cigana, que ficou extremamente irritada por eu não ter esperado o chamado dela, e disse:

— Vocês não precisam participar disso. Vão embora e cuidem de Cruzeiro!

Um verdadeiro exército de demônios apareceu diante de mim. Cruzeiro surgiu do meu lado e sacou a espada. Em seguida, todos os nossos amigos e a minha falange apareceram, mesmo sem eu ter chamado. Sete Mausoléus falou que a batalha era de todos nós! Tentei mandar que todos fossem embora, mas ninguém foi, nem o povo cigano! A batalha estava prestes a começar quando ouvimos o Governador:

— Doutor, onde está Joaquim? Tragam-no de volta e eu os pouparei! Menos você! — falou, apontando para mim.

— Não haverá Joaquim para você, seu maquiavélico! Eu me entrego, não precisamos batalhar! Se eu me entregar, você os deixará partir e nunca mais tentará capturar Ana ou meu filho!

— Só quero você! Você me traiu e matou Joaquim quando ainda estava encarnado!

— Sua ganância por ouro o tornou perverso! Você traiu todos e matou muitos para satisfazer sua vaidade. Temos um trato?

— Sim, venha! Vou torturá-lo e quebrar todos os seus ossos! Terá a eternidade para sofrer ao meu lado! Rá, rá, rá, rá!

Toda a Luz nos observava. Sem que eu soubesse, havia passado no teste do Caboclo Flecha Certeira: a semente do amor ao próximo havia brotado em mim. Eu me importava muito com Cruzeiro; naquele dia, me importei ainda mais! Eu me importei com os ciganos, com a minha falange e com todos os meus amigos. A dor era minha, não era justo que se ferissem por minha causa.

Saquei a espada e fui na direção do Governador. Todos tentaram me impedir, até meu mentor, Exu Caveira, que respondeu ao chamado da Luz e foi ao nosso encontro, mas foram impedidos por um exu antigo.

Na minha frente surgiu aquele que mais desconfiava de mim, o próprio Exu Vira-Mundo! Ele ficou de frente para todos e disse bem alto:

— Afastem-se! Não quero ninguém seguindo-o!

Exu Vira-Mundo é muito poderoso! Todos, contra a vontade, obedeceram. Então, ele olhou para mim e disse:

— Vejo que decidiu se entregar. Pede nossa ajuda e, agora, não quer lutar?!

— Não é preciso, senhor! Nem a ajuda dos senhores eu quero mais... não conseguiria ver alguém que amo ferido por minha causa! Eles se tornaram minha família, eu me preocupo com eles!

— E a família não está aí para que uns ajudem os outros?

— Se posso impedir que eles se firam, que assim seja!

Pedi licença para o exu antigo e caminhei para me entregar ao Governador.

Cruzeiro gritava em prantos. A Pombagira Cigana, ao lado, tentava acalmá-la.

Mais um antigo chegou e me indagou. Era Exu Veludo.

— Se você se entregar, seus amigos não poderão ajudá-lo. É o que você quer?

— Sim, senhor. Não quero vê-los feridos. Agradeço por sua ajuda e peço que me perdoe por ter ido até vocês.

Continuei a caminhar até que a noite se fez e eu pude, mais uma vez, contemplar toda a escuridão do Exu da Meia-Noite!

— Doutor, é isso mesmo o que quer? Você pediu nossa ajuda em vão?

— Peço perdão, meu senhor, mas, como disse, Cruzeiro e meus amigos são mais importantes para mim do que eu mesmo!

— O que acaba de dizer é digno de um exu de luz.

— Pena que a Luz nunca me quis, meu amigo. Com sua licença!

Os exus antigos trouxeram com eles vários exus, alguns também antigos e outros nem tanto. Estava prestes a me entregar quando Exu Veludo ordenou que todos atacassem os demônios. A voz dele estremeceu tudo à nossa volta:

— Ataquem! Protejam Sete Caveiras! Hoje, isso acaba aqui! Vira-Mundo, Meia Noite, é a nossa vez!

Eu estava muito próximo do exército inimigo e fui atacado sem conseguir revidar. Levei muitos golpes e meus ossos vertiam sangue. Minha capa foi toda rasgada e quase foi arrancada de mim. Eu teria sido destruído se um dos exus que chegou junto com os exus antigos, o Exu Sete Poeiras, não tivesse levantado uma imensa nuvem de poeira, cegando os demônios ao meu redor. Cruzeiro, minha fiel guardiã, conseguiu me alcançar e derrotar os demônios que me atacavam. A poeira de dissipou e, de longe, ela olhou para Sete Poeiras e agradeceu a intervenção.

— Doutor, você é um metido, mesmo! Queria lutar sozinho? — falou Cruzeiro, sarcasticamente.

Não consegui responder. Ela e a Pombagira Cigana ficaram me protegendo enquanto os demais avançavam para o exército do Governador.

Os exus antigos dominam magias poderosíssimas, muitas esquecidas ao longo do tempo. Eles usaram essa magia e, fileira após fileira, o exército de demônios foi derrotado pelo nosso, liderado por meu mentor, Exu Caveira, e Sete Mausoléus.

O Governador precisava ser tombado por mim. Então, mesmo sangrando, me levantei, empunhei a espada e me uni ao combate. Cruzeiro e Cigana estavam ao meu lado, os ciganos, os exus e as pombagiras lutavam como se aquela fosse a última batalha deles. Os exus antigos liberavam suas magias, facilitando nosso avanço. O exército do Governador era imenso, mas sucumbia diante de nossa força e de nossa determinação.

A Pombagira Cigana e o Cigano Roni liberaram um feitiço que, aliado à magia dos exus antigos, permitiu que avançássemos e que eu chegasse bem perto do Governador. No entanto, décadas de trabalho no submundo fizeram com que ele aprendesse sortilégios poderosos e que tivesse muitos aliados. Ele não sucumbiria tão facilmente! O Governador ativou suas magias e uma onda de choque derrubou muitos de nós; porém, os exus antigos, o Cigano Roni e vários exus e pombagiras permaneceram de pé, combatendo.

Eu havia sido muito golpeado e estava fraco. Por isso, fui ao chão, segurando a espada. O Governador teve tempo de chegar até mim e golpear minhas costas com força, me fazendo sangrar ainda mais e permanecer caído.

O senhor Veludo, um exu antigo, volitou até perto de mim, encarou o Governador e disse com uma voz poderosa:

— Essa luta é de vocês, mas não será desonesta, entendeu?!

O Exu Veludo tinha poder suficiente para acabar com o Governador em segundos! O demônio sabia disso e recuou. O tempo ganho pelo exu antigo foi suficiente para que eu me recuperasse do golpe traiçoeiro nas costas. Olhei para o senhor Veludo, curvei a cabeça em sinal de reverência e me dirigi ao Governador:

— Governador, você destruiu muitas famílias no povoado; não contente, mandou matar todos os que não queriam segui-lo. Mesmo depois da morte, continuou o reinado de terror; fez pactos com demônios antigos; e aprisionou muitos espíritos que sequer sabiam onde estavam. Em vez de travar as próprias lutas, sempre teve alguém para fazer seu jogo sujo.

— Sim, doutor, meu reinado continuaria se você não tivesse impedido Joaquim de matar o velho Pedro! Se ele tivesse morrido naquele dia, os filhos de Pedro teriam se rendido perante meu poder, o veio de ouro seria meu e você seguiria sua vida em paz com sua amada.

— Sendo escravizado por você? Já não bastava escravizar os negros e os nativos? Você queria escravidão, Governador! Naquele dia, salvei Cruzeiro e o senhor Pedro do ataque de Joaquim e, juntos, livramos o povoado de sua maldade. Hoje, libertaremos os espíritos que sucumbiram perante sua perversidade. Governador, eu o derrotarei aqui mesmo, invadiremos seus domínios e livraremos todos aqueles que a Luz permitir que sejam libertados.

Meus aliados reagiram àquelas palavras e gritaram me apoiando. Só os exus antigos e o Cigano Roni permaneceram em silêncio.

A Pombagira Cigana liberou a magia novamente e vários espíritos foram encaminhados para a Luz. Cruzeiro ficou o tempo todo ao lado dela, protegendo-a, junto com o Exu Sete Adagas.

Se o Governador sabia usar magia antiga, eu também tinha aprendido algumas ao longo das décadas. Segurei a espada, abri a capa e o poder do cemitério se fez presente. Ferido, sangrando e sem medir consequências, enfrentei o Governador de igual para igual. Magia contra magia, espada contra espada.

Todos os demônios que tentavam ajudar o Governador e me atingir eram envoltos pela escuridão do Exu da Meia-Noite. Até que minha espada, finalmente, alcançou o Governador e eu pude vê-lo tombar na minha frente.

Aproximei-me dele e me preparei para dar o golpe fatal, mas o senhor Vira-Mundo falou comigo mentalmente:

— Toda ação merece uma reação! Você cuidou de todos; agora, deixe que eles cuidem de você. Você disse que eles são sua família; então, seja o exu que eles esperam que você seja. Sua família irá agradecê-lo.

Parecia que era o Caboclo Flecha Certeira quem estava falando comigo. Entendi o recado do exu antigo: eu precisava renunciar à vingança para continuar com minha família. Olhei para Cruzeiro e disse:

— Cruzeiro, a flecha do caboclo... solte-a no ar e chame-o!

Cruzeiro se ajoelhou e soltou a flecha no ar. Como um raio, ele respondeu. Pegou a flecha e começou a caminhar até onde eu estava. Vi que todos se ajoelharam diante do caboclo, inclusive os exus antigos.

Com a simples presença de Flecha Certeira, os poucos demônios que restavam se retiraram. Quando ele chegou perto de mim, estava com a espada pronta para desferir o golpe derradeiro no Governador. O caboclo me olhou nos olhos, parecia enxergar toda a minha dor, como se me conhecesse melhor do que eu mesmo, e eu pude sentir que, de alguma forma, ele sempre me ajudou.

Eu me ajoelhei, curvei a cabeça diante dele e disse:

— Senhor caboclo, em nosso último encontro, ajoelhei-me por obrigação. Hoje, o faço por gratidão. Como prometemos, entrego o demônio ao senhor!

Foram poucas as vezes em que pude ver o Caboclo Flecha Certeira sorrir, essa foi uma delas. O caboclo cravou a flecha à nossa frente e um clarão se fez. Ele levou embora o Governador, mas, antes de partir, agradeceu a todos e determinou:

— Ainda existem muitos irmãos que precisam de ajuda nos domínios deste ser que, por décadas, conseguiu se ocultar da Luz e escravizá-los. Hoje, a Luz está orgulhosa por ver que todos aqui lutam por um bem maior. Vão até os domínios desse demônio e os libertem. Que Pai Oxóssi e Tupã Maior os abençoem.

Todos ficaram felizes com aquelas palavras. Uma falange inteira de exus e pombagiras se dirigiu aos domínios do Governador. Conforme os espíritos eram resgatados, seres de luz surgiam para cuidar dos feridos e os volitar para as moradas espirituais. A caravana cigana virou um pronto-socorro, onde a Luz fazia um primeiro atendimento aos mais necessitados.

Lembrei-me da época em que eu ficava sentado sobre o túmulo esperando a Luz vir me buscar. Como eu desejava aquela luz! Hoje, eu havia sido um dos responsáveis por ela ter vindo ajudar vários espíritos.

Ainda no campo de batalha, enquanto eu ainda estava ajoelhado, sem forças para me levantar, os três exus antigos se aproximaram, me olharam profundamente e o senhor Vira-Mundo falou:

— Obrigado por nos pedir ajuda! Creio que, muito em breve, nos veremos novamente.

Do mesmo modo como chegaram, se retiraram: sem que eu pudesse lhes agradecer.

Cruzeiro e Cigana se aproximaram de mim e tentaram me levantar, mas eu estava muito ferido...

SETE CAVEIRAS

PAI MANUEL DE ARRUDA

Pedi que as duas fossem ajudar nossos amigos. Precisávamos resgatar todos os que o caboclo determinou. A contragosto, Cruzeiro acompanhou Cigana.

Ao olhar aquela caravana servindo de hospital, me lembrei das noites que passei no povoado combatendo a peste... sem dormir, sem comer... lembrei-me dos indígenas, dos negros escravizados, de Cruzeiro, que morrera em meus braços... lembrei-me da noite em que não socorri meu filho. Divagando em minhas lembranças, nem percebi um velho se aproximando. Então, ele me perguntou:

— Você quer a Luz?

Continuei olhando para a caravana e respondi sem encará-lo:

— Sai daqui, velho! Deixe-me com minha dor... a Luz não me quer!

O velho insistiu:

— Você quer a Luz?

— Velho, estou sangrando, meus ossos doem... a Luz não me quer! Ela me vê aqui, sofrendo, e ninguém vem ajudar. Saia daqui e me deixe em paz!

— Você quer a Luz?

Eu me virei para o velho, pronto para xingá-lo e expulsá-lo dali:

— Você de novo? O senhor é da Luz! Eu me lembro do senhor.

— Você quer a Luz?

— A Luz não me quer, meu senhor. Sou um servo vingativo e, como Cruzeiro diz, falo demais.

Eu não havia percebido, mas Cruzeiro, Caveira, Cigana, Roni, Sete Mausoléus, Sete Catacumbas e vários amigos estavam à nossa volta, observando.

O velho da Luz insistiu:

— Você quer a Luz?

Chorando e com muita dor, respondi:

— Se ela me quiser, eu também a quero, meu senhor!

O velho se revelou e eu o reconheci do povoado. Era o mesmo negro que havia me ajudado a lutar contra a peste. Hoje, ele era um preto-velho.

— Sou eu mesmo, doutor Heitor, ou melhor, Exu Sete Caveiras! Esperei muito por esse momento. Venha comigo, vou curar suas chagas. Existe um médium que está sendo preparado para trabalhar na Umbanda, no mesmo terreiro dos três exus antigos. Hoje, sou conhecido como Pai Manuel de Arruda e trabalharemos juntos para curar os enfermos da alma, do espírito e da carne. A luz da Umbanda o chama para ser mais um a trabalhar dentro dela. Cuidarei de você! Em breve, poderá estar com sua família da Esquerda e da Direita novamente.

Cruzeiro começou a chorar de alegria copiosamente. Até meu mentor, Exu Caveira, soltou algumas lágrimas de emoção.

Fui envolto por uma luz intensa e volitado até uma morada espiritual, onde fui recebido e abraçado pelo Caboclo Flecha Certeira. Lá, me trataram com um bálsamo de ervas e minha capa e minhas vestes foram restauradas com as bênçãos dos orixás. Fiquei horas na morada espiritual e conversei bastante com o preto-velho; ele me falou sobre o que estava para acontecer e que, a partir daquele momento, eu estava autorizado a entrar nos terreiros de Umbanda e a ajudar quando solicitado. Eu trabalharia com um médium e ajudaria as pessoas. Imaginei que, naquela morada, eu poderia ver meu filho; então, perguntei:

— Meu velho, quando poderei ver Ana e meu filho? Quando poderei ver Cruzeiro novamente?

— Você pergunta demais! Ana e seu filho estão na morada do Caboclo Goytacaz. Ela pediu que esperássemos até que você conseguisse plasmar a forma humana antes de ver seu filho. Ela teme que a reação do menino seja de repulsa, embora ele já conheça vários exus e pombagiras.

— Quando aprenderei a plasmar a forma humana?

— Isso depende de você. Não sou eu quem determina ou concede essa permissão. São os orixás. Com o tempo e com seu trabalho dentro da Umbanda, acredito que será em breve!

— E Cruzeiro?

— Vejo que desenvolveu um grande amor por aquela pombagira. Não ouso separá-los, vocês continuarão a trabalhar juntos.

— Sim, meu velho! Amo Ana, mas também amo Cruzeiro... não sei explicar, mas Cruzeiro aceita que seja assim.

Ficamos conversando por dias. Ele me ensinou muito e me levou à *Tenda Espírita de Umbanda Santa Rita de Cássia*, comandada pelo homem da estrela, o Caboclo Sete Estrelas. Pude ver o médium que estava sendo preparado para trabalhar comigo, era muito jovem ainda. A magia daquela tenda era impressionante, os médiuns eram comprometidos e a disciplina se fazia presente.

Os três exus antigos me receberam e eu pude ouvir do senhor Vira-Mundo:

— Rá, rá, rá! Eu disse que, em breve, nos veríamos novamente. Seja bem-vindo a esta família! Seja sempre você mesmo, exu.

— Espero estar à altura dos trabalhos na Umbanda! — respondi, respeitosamente.

— Como povo de rua, você ajudou muitos terreiros sem ter medo de nada. Aqui dentro, queremos você trabalhando do mesmo jeito! — explicou o senhor Veludo.

— Sete Caveiras, trabalharemos muito e travaremos muitas batalhas. Seja bem-vindo a esta tenda! — falou o senhor Meia-Noite.

Olhei para o Exu da Meia-Noite e perguntei:

— Não me chama mais de doutor?

— Você conquistou meu respeito. Seu nome é Sete Caveiras! Percebi que seria uma honra e, ao mesmo tempo, uma grande responsabilidade trabalhar ao lado deles. Eu tinha visto como eram poderosos.

Após nos despedirmos, voltamos para a morada espiritual. Passei mais algumas semanas aprendendo com Pai Manuel de Arruda. Aprendi a manipular energias como os seres de luz e a trabalhar com fundanga, fogo, marafo e muitas ervas. Jurei silêncio e fidelidade naquela morada.

Agora, era hora de partir! A Luz, realmente, continha muita paz, mas não tinha Cruzeiro e meus amigos. Sentia muita falta deles.

Antes que eu retornasse para minha calunga, Pai Manuel de Arruda me abraçou e disse estar muito feliz por trabalhar junto comigo. Eu me despedi e voltei para Cruzeiro e meus amigos na calunga.

SETE CAVEIRAS

DE VOLTA À CALUNGA

Volitei do lado de fora. Queria contemplar o cemitério. Logo fui recebido pelo Exu Sete Porteiras, guardião de nossa entrada.
— Sete Caveiras, pensei que nunca mais o veria!
— Por quê? Achou que eu o deixaria em paz? Rá, rá, rá, rá!
Eu e ele nos abraçamos. Em seguida, perguntei:
— E Cruzeiro, onde está?
— Está em missão com Sete Mausoléus. Foram atender a um pedido de ajuda feito no cruzeiro de nossa calunga.
— Pedido? Feito por quem?
— Um encarnado. Veio oferendar o senhor Obaluaê, pedindo saúde. No momento da oferenda, eles viram que as doenças eram provenientes de magia negativa e foram atrás.
— Só os dois? Quem deu essa ordem?
— Ninguém. Cruzeiro agradeceu aos céus por ter aparecido essa missão. Ela não aguentava mais ficar aqui sem você; pensou que você residiria na Luz. Confesso que também pensei...
— E Sete Catacumbas?
— Está dentro da calunga. Talvez ele saiba para onde foram.

Mal havia chegado e já estava com um mau pressentimento. Volitei para dentro do cemitério e vi Sete Catacumbas reunindo toda a falange. Não o deixei explicar.

— Onde está Cruzeiro?

— Reuni toda a falange esperando o chamado dela, mas nem ela nem Sete Mausoléus nos chamou! Estávamos indo em busca deles.

— Vamos, então!

Sete Catacumbas nos volitou para onde eles estavam, mas ficamos a uma distância segura. Vimos Cruzeiro e Sete Mausoléus acorrentados e desacordados; uma penumbra envolvia o cômodo do adoecido e um veneno fétido pairava no ar. Sabíamos que enfrentaríamos demônios, mas não podíamos arriscar. Cruzeiro e Sete Mausoléus eram muito bem treinados e sabiam combater como ninguém; se estavam acorrentados e desacordados, demônios poderosos estavam por perto.

Avisei a todos que eu iria caminhar até eles e que, ao meu sinal, atacassem.

Usei o que tinha aprendido na morada espiritual e escureci os ossos, mas não como o Exu da Meia-Noite, eu tinha meu próprio poder. Fiquei escuro ao ponto de todo o meu entorno ficar sem luz, parecendo um ser das trevas. Todos os meus amigos perceberam que eu não era o mesmo Sete Caveiras que eles haviam conhecido. Quando cheguei perto dos dois, o demônio se revelou em forma de serpente.

— Quem está aí? Volte para seu inferno, este local tem dono!

— Vi esses dois acorrentados e vim barganhar por eles.

— Mostre-se, então.

— Não barganho com serpentes ou escravizados. Chame seu senhor, agora!

— Não tenho senhor! Faço meu próprio serviço.

— Então, é um idiota! Qualquer ser de luz pode chegar e acabar com você.

— Se assim o fizerem, serão adormecidos por meu veneno. Veja o que aconteceu com esses dois vermes escravizados pela Luz.

Fiquei alguns minutos ali e logo aprendi a manipular o veneno da serpente. Soltei uma gargalhada imensa, irritando o demônio:

— Quem é você para rir assim? Deveria ter acabado com você quando se aproximou, mas vou destruí-lo agora!

Abri minha capa e todo o veneno disperso no ar foi absorvido por ela. Contive a escuridão e me revelei com gosto:

— Sou o Exu Sete Caveiras! Você machucou alguém muito importante para mim e vai pagar caro por isso!

Ao meu comando, Sete Catacumbas atacou a serpente, outros demônios surgiram e o combate foi travado. Sem o veneno, porém, eles não eram nada! Foram derrotados rapidamente e encaminhados para nossas prisões.

Soltei as correntes de Cruzeiro e a ergui em meus braços. Meus amigos desataram Sete Mausoléus. Quando Cruzeiro acordou, falei para ela:

— Sua metida, fanfarrona, queria lutar sozinha?

Ela sorriu, me abraçou, me beijou com muito amor e pediu:

— Leve-me de volta à calunga.

Envoltos em minha capa, chegamos à calunga em poucos segundos. Logo, os outros chegaram e Cruzeiro tomou a iniciativa:

— Peço perdão a todos! Deixei que meus impulsos tomassem a frente, não tomei as devidas precauções e saí que nem uma louca! Sabem como está o encarnado vítima das magias?

— Fui até ele, não sobrou qualquer veneno. Ele vai melhorar. Estou feliz que tenha voltado, Sete Caveiras. Esse cemitério não é o mesmo sem você. Seja bem-vindo de volta à calunga! — disse Sete Mausoléus.

Sorri e abracei todos. Eram minha família e, por eles, eu faria qualquer coisa! Depois, contei a todos o que houve comigo e avisei que ainda não sabia ao certo como seria dali em diante. Precisava aprender mais sobre como trabalhar dentro da Umbanda, pois, do lado de fora, nossa falange era inigualável.

Algumas semanas se passaram e eu ainda aguardava uma oportunidade de conhecer meu médium melhor.

Cruzeiro queria saber mais sobre Pai Manuel de Arruda, mas nem precisei dizer nada, pois a luz se fez na calunga e o preto-velho apareceu. Ele nos cumprimentou e ficou conversando conosco por horas. É um verdadeiro pai — ou avô —, e todos os exus e todas as pombagiras se sentaram em volta do cruzeiro para ouvi-lo falar. Pai Manuel respondeu todas as perguntas que pôde.

Minha falange o amou desde o primeiro contato e Cruzeiro se tornou sua fiel escudeira. Em todos esses anos trabalhando na Umbanda, Cruzeiro sempre fica ao lado dele; eu saio a combate e ela, junto com a Pombagira Cigana, faz a guarda do lado de dentro. Mas isso é outra história!

SETE CAVEIRAS

CONHECENDO A UMBANDA

Eu ainda precisava conhecer os trabalhos da Umbanda "por dentro". Por isso, minhas visitas à *Tenda Santa Rita* se tornaram mais constantes e, quando necessário, participava de reuniões nas moradas espirituais.

Em pouco tempo, aprendi a manipular os elementos usados na Umbanda, tanto os dados em oferendas quanto os que nos são entregues quando estamos incorporados.

Eu só não havia conseguido, ainda, plasmar uma forma humana, e isso me perturbava! Ana pedira que eu encontrasse nosso filho somente quando conseguisse esconder minha aparência de caveira. Eu respeitei. Para mim, a forma de caveira era perfeita na Umbanda e para lutar contras as trevas, mas, para ver meu filho, eu precisava merecer. Lutei tanto em nome da Luz, ajudando-a e auxiliando os seres de luz, por que ainda não conseguia?

Em 1989, a mando do meu velho, enquanto meu médium não estava pronto, conheci alguns terreiros nos quais fui ajudar na proteção e na desobsessão. Neles, fui apresentado ao Exu João Caveira e ao Exu Cainana, e os dois plasmavam outras formas. João Caveira, um velho encurvado, tornava-se um exu alto, viril e musculoso; Cainana, uma cobra gigante, aparentava um ser humano. Ambos conheciam a magia da Umbanda e sabiam plasmar novas aparências. Com eles, trabalhei e aprendi.

Logo, aprendi a plasmar a forma de um cachorro preto e me apresentei desta forma mais de uma vez. Com o tempo, aprendi até a plasmar a aparência de outros cachorros, confundindo quem me procurava. Na forma do animal, aprendi a me materializar para guiar e proteger os encarnados quando me era permitido!

Também aprendi a magia antiga com os exus antigos; a trabalhar e a respeitar a Umbanda; e que os exus amam seus médiuns — isso eu já tinha percebido com Sete Mausoléus e dona Lídia.

Apesar de, em muitas giras, nós, exus, darmos broncas e chamarmos a atenção dos médiuns, não fazemos isso porque somos exus, mas porque sabemos o porquê de eles estarem encarnados e queremos ajudá-los a corrigir os erros enquanto podem.

Em 1990, o médium do antigo Exu Veludo foi chamado de volta para as moradas espirituais. Se algum exu sentiu orgulho do médium, certamente foi o senhor Veludo, pois, várias vezes, presenciei o médium ajudando várias pessoas.

Fiquei na casa durante todo o processo de luto e pude ver meu médium sofrendo com a morte do avô. Vi a filha dele, a médium do senhor Vira-Mundo, o médium do senhor Meia--Noite e muitos filhos e filhas — de sangue e de fé — sofrerem com a morte do patriarca. Eu conhecia a dor da perda de alguém que se ama; e ela me acompanhava de perto. Na verdade, de dentro! Acabei me afastando e decidi esperar por novas ordens do lado de fora.

Para minha surpresa, vi uma caravana cigana chegando. Uma cigana que parecia ser a líder do clã cumprimentou todos os exus e as pombagiras que estavam do lado de fora e pediu licença para entrar na tenda. Fiquei observando-a. Os ciganos contagiam por onde passam, mas, naquele dia, apesar de estarem alegres, não dançavam nem cantavam, pois respeitavam a dor dos encarnados.

Caboclos, pretos-velhos, erês, baianos, boiadeiros e marinheiros se fizeram presentes. Eu não tinha visto nada igual na Umbanda. Muitos filhos e amigos vieram prestar a última homenagem e vários guias chegaram para deixar uma mensagem, seja em cantos, intuindo algum médium, incorporando ou ajudando os que sofriam demais. A Luz esteve presente em todos os momentos.

Cruzeiro surgiu do meu lado, encostou a mão em mim e disse:

— Sinto sua dor mais forte. O que houve?

— Aqui, todos amam o pai da casa de uma forma incrível! Vi meu médium chorando, senti a dor dele e tentei absorver...

Ela ficou ali comigo, observando tudo. O terreiro tinha a proteção de muitos exus e pombagiras — os da casa e os que a Luz tinha enviado para ajudar na proteção.

Outra caravana cigana chegou, mas, desta vez, nós conhecíamos o líder. Eu e Cruzeiro nos levantamos e fomos até Roni.

— Salve, Roni! Você também conhecia o chefe desta casa?

— Sim. Vim acompanhar meus irmãos ciganos.

— Onde está a Pombagira Cigana? — perguntou Cruzeiro.

— Ela está com a protegida dela.

— Quem? — insistiu Cruzeiro.

— A companheira do médium de Sete Caveiras.

— Como?! — perguntei, assustado.

— Cigana sempre a protegeu, desde outras vidas. Venham, vamos nos unir aos outros.

Fomos com o cigano, mas depois voltamos para o lado de fora e vimos muitos seres de luz entrando e saindo. Não demorou para encontrarmos Cigana. Cruzeiro a cumprimentou e perguntou se precisava de ajuda. Ela sorriu, agradeceu e foi se juntar ao grupo cigano. Não ousei questionar nada... nem Cruzeiro.

Acompanhamos todo o ritual fúnebre e aprendemos um pouco mais sobre a Umbanda naquele dia. Quem assumiu a casa foi a médium do antigo Exu Vira-Mundo, mas, espiritualmente, o comando pertence ao senhor Veludo. Na Direita, o Caboclo Sete Estrelas continua comandando, mas agora acompanhado da Cabocla Iracema e do Caboclo do Vento. A nova comandante tem a mesma força enérgica do pai, mas age com autonomia e disciplina. Eu a chamo de "comadre véia" — é um modo carinhoso meu — e o médium do senhor Meia-Noite de "compadre".

Meu médium assumiu de vez a religiosidade e seu trabalho na Umbanda. Agora, era questão de tempo até ele desenvolver.

Enquanto aguardava, eu e minha falange atendíamos aos chamados da Luz na *Tenda Santa Rita*, na calunga e em outros terreiros. Eu ansiava por um combate para esquecer um pouco minha aparência de caveira.

Eu e Cruzeiro estávamos em nosso cemitério quando meu velho apareceu. Eu e ela nos ajoelhamos e o cumprimentamos. Com a voz mansa, ele respondeu:

— Que Zambi Maior os abençoe e aumente sua luz! Sei que alguns de sua falange reencarnaram, você jurou que, se tivesse permissão, os protegeria. É hora de ir vê-los.

Eu e Cruzeiro ficamos felizes em honrar nosso juramento. Acompanhamos Pai Manuel de Arruda e, após saber onde nossos protegidos estariam naquela encarnação, voltamos para a calunga e recebemos uma nova missão.

Austero e muito sério, o Caboclo Flecha Certeira apareceu na calunga.

— Salve, suas forças!

Novamente, nos ajoelhamos e pedimos a bênção.

— Como podemos ajudar dessa vez, senhor caboclo? — perguntou a Pombagira do Cruzeiro.

— Uma jovem pombagira está desaparecida. Muitos a procuraram, mas ninguém teve notícias dela. Vocês visitarão todos os terreiros por onde ela passou atrás de algum rastro, pois ela é muito importante para nós e para vocês! O nome dela é Dama da Noite. Sete Caveiras, não podemos falhar nessa missão!

— Quando podemos partir? — perguntei de cabeça baixa.

— Agora mesmo! Tomem cuidado. Pombagira do Cruzeiro, guarde minha flecha; se precisar, já sabe como me chamar.

Assim como chegou, o caboclo foi embora. Ele não é de conversa! Ficamos honrados por ele ter vindo pedir nossa ajuda. O combate que eu ansiava chegou, e minha forma de caveira há de me valer! Rá, rá, rá, rá!

SETE CAVEIRAS

POMBAGIRA DAMA DA NOITE

Eu e Cruzeiro tínhamos acesso livre nos terreiros indicados pelo Caboclo Flecha Certeira, porque ele havia colocado em nós uma marca que só era vista pelos seres de luz. Passamos uma semana inteira à procura da pombagira, sem resultado. Eu já estava ficando nervoso e muito ansioso. Era minha primeira missão solicitada pelo caboclo e eu não estava achando nada!

Em todos os terreiros que perguntávamos, a história era sempre a mesma: "Ela passou por aqui, nos ajudou e não voltou mais". Pedi ajuda a todas as calungas, e minha súplica logo alcançou as encruzilhadas e outros pontos de força.

Cruzeiro foi até o ponto de força dela na calunga e clamou ao Senhor das Passagens que nos abençoasse em nossas buscas. Duas semanas depois, Cruzeiro pediu ajuda à Pombagira Cigana, que fez suas magias, mas nada encontrou!

Então, resolvi voltar ao último terreiro em que ela foi vista. Era uma gira de Esquerda. Como eu tinha o símbolo do caboclo, pude entrar livremente.

Uma consulente chamou minha atenção, ela estava sofrendo com problemas pessoais e foi à gira clamar ajuda. Com muitas brigas na família, ela fora pedir paz. Então, perguntei ao exu que estava atendendo a moça se eu poderia acompanhá-la e se ele permitia que eu ajudasse. As bênçãos vieram do Alto! Ele consentiu e eu a acompanhei até em casa. Mantive certa distância, pois, pelo o que ouvira sobre Dama da Noite, e se meus instintos estivessem certos, ela teria ajudado aquela encarnada, já que gostava de ajudar em casos de harmonia familiar.

Quando me aproximei da casa da moça, os ataques começaram. Recuei, mantendo uma distância segura, e chamei Cruzeiro e Sete Catacumbas, dizendo:

— Se eu não estiver enganado, Dama da Noite acompanhou essa encarnada. Os ataques começaram e, em vez de recuar, ela avançou e caiu!

— Pode ser! Vamos avançar? — indagou Sete Catacumbas.

— Não. Vamos ficar vigiando e, na hora certa, quem estiver atacando essa família nos conhecerá! — respondi, segurando a espada.

A encarnada chegou em casa e acendeu uma vela que fora dada pelo exu que a atendeu. Vimos o poder do exu, que estava concentrado na vela, se expandir e consumir grande parte das energias negativas da casa, trazendo certo conforto aos moradores. Aproveitamos a oportunidade e nos aproximamos.

Cruzeiro divisou uma passagem sombria em um dos cômodos da casa e, precavida como sempre, nos chamou e disse:

— Vamos nos afastar. Se estiver certa, essa passagem se expandirá em breve.

Não demorou muito para que a abertura aumentasse e novos seres trevosos aparecessem. Poderíamos chamar nossa falange, entrar na passagem e travar uma batalha, mas eu estava em uma missão dada pelo Caboclo Flecha Certeira.

Cruzeiro soltou a flecha no ar e o chamou. Como um raio, ele apareceu à nossa frente.

— Salve, suas forças! Por que me chamaram?

— Senhor caboclo, vou lhe contar tudo. — Cruzeiro, como sempre, foi muito detalhista. — Acreditamos que Dama da Noite tenha caído ali.

O Caboclo Flecha Certeira não é de sorrir muito nem de fugir de uma luta contra demônios. Ao longo dos anos, presenciei, várias vezes, ele entrar em combate para nos poupar. Naquele dia, ele fez o mesmo.

— Vou atirar minha flecha e, quando ela cair, iluminará tudo. Sete Caveiras, pegue esta outra flecha, entre na passagem e, quando achar Dama da Noite, solte-a no ar para me chamar. Vamos atrás para ajudá-lo. Agora, chame sua falange!

Em segundos, Sete Mausoléus e toda a falange se fez presente. O caboclo se ajoelhou, fez uma oração e atirou a primeira flecha no ar. Quando ela caiu, um clarão seguido de um estrondo iluminou tudo. Entrei rapidamente na passagem e ainda pude vislumbrar o efeito devastador da flecha atirada.

Comecei a procurar rapidamente, pois sabia que logo seria atacado. Achei uma espécie de castelo, todo escuro, que certamente deveria abrigar demônios poderosos. Entrei sorrateiramente no local e me escondi. Horas depois, achei uma prisão com muitos espíritos encarcerados. Minha espada estava cantando, queria o combate, mas eu estava com a flecha... precisava achar Dama da Noite! Um dos espíritos presos olhou para mim, pedindo clemência, pensou que eu era um dos demônios que o havia apreendido. Não respondi e continuei a caminhar, até que vi uma mulher imóvel. Tinha de ser ela.

— Dama da Noite?!

— Seu demônio! Assim que eu sair daqui, vocês pagarão! — respondeu, com a voz embargada de dor e de raiva.

— Vim ajudá-la a mando do Caboclo Flecha Certeira. Vamos sair logo daqui!

Empunhei a espada e abri a cela da pombagira, que estava muito fraca. Soltei a flecha no ar e chamei o caboclo:

— Senhor Caboclo Flecha Certeira!

Cruzeiro e toda a minha falange surgiram assim que o caboclo pegou a flecha no ar. Ele se aproximou de nós e indagou:

— Pombagira Dama Noite?

— Sim, mas não sei quem é o senhor.

— Tudo será respondido a seu tempo. Sete Caveiras, a Luz autorizou que libertássemos todos daqui. A passagem na casa dos encarnados que estavam sendo obsediados fechou assim que nós passamos, e eles não serão mais importunados. Purifique este domínio. Depois, minha flecha os guiará em segurança até a porta de sua calunga, onde irmãos da Luz estarão esperando por todos vocês. Papai Oxóssi e Tupã Maior aumentem suas luzes!

Ele segurou Dama da Noite e voltou para a Luz, levando-a. Ela seria cuidada da mesma forma que eu quando fui ferido na luta contra o Governador.

Libertamos todos e minha espada cantou sempre que algum demônio resistia. Rá, rá, rá, rá!

Fomos enviados a várias outras missões e cumprimos todas. Fizemos muitos amigos e todos disseram que, quando eu precisasse, iriam até mim. Mesmo tendo realizado todas elas e sido fiel à Luz, eu ainda não conseguia plasmar a forma humana. Isso me consumia!

SETE CAVEIRAS

NOSSO MÉDIUM

Como já revelei, nosso médium assumiu a religiosidade. Ele era um jovem com a vida toda pela frente, mas estava concentrado em ajudar a mãe e o irmão. Durante todas as giras na *Tenda Santa Rita*, eu montava guarda e recebia ordens dos exus antigos. Quando era dispensado, esperava na calunga por ordens do meu velho ou do caboclo.

Em outubro de 1991, pude assistir ao Caboclo Flecha Certeira baixar a vibração, entrar em sintonia com nosso médium e incorporar pela primeira vez. Com o brado do caboclo, houve uma grande explosão de luz. Em seguida, vi o caboclo elevando a vibração para manter a incorporação. Ficamos muito felizes! Pai Manuel de Arruda foi o próximo a se manifestar; até que, finalmente, chegou a minha vez.

Em uma gira de Esquerda, minha falange montou guarda junto com as dos outros exus do terreiro. Então, eu me aproximei do médium e pude, através do sistema nervoso dele, sentir sua ansiedade. Em seguida, eu já estava gargalhando e saudando o chão que me acolhera dentro da Umbanda. Olhei para os exus antigos e fui, respeitosamente, cumprimentá-los, conforme as normas da casa.

Cruzeiro e Sete Mausoléus se emocionaram, deixando rolar algumas lágrimas de alegria. Eles sabiam que era questão de tempo até que eu aprendesse a plasmar outra forma que não a de caveira.

Com os anos, nosso jovem médium foi vivenciando a Umbanda e se desenvolvendo dia a dia, aprendendo com os erros e os acertos. Os trabalhos me trouxeram ainda mais responsabilidade. Nunca fui de fugir dela; e, a única vez em que me esquivei, causei em mim a dor que hoje sinto. Por isso, eu não queria que ele errasse em nada! Exigia que ele fosse muito disciplinado, humilde e, principalmente, uma boa pessoa. Como todo jovem, ele também tinha as próprias ambições e muita rebeldia, mas cabia a nós da espiritualidade ajudá-lo. Então, o médium, aos poucos, foi se moldando e nós ficamos muito felizes.

A partir de fevereiro de 1993, a mediunidade do jovem se aguçou e o Caboclo Flecha Certeira assumiu a coroa dele por completo.

Algum tempo depois, meu velho veio até nossa calunga.

— Salve a banda de vocês, moço!

— Salve, meu velho! Algum problema? Precisam de nós? — perguntei, desejando que a resposta fosse "sim", pois ansiava por um bom combate.

— Sua bênção, Pai Manuel? Sete Caveiras quer lutar de qualquer jeito. Rá, rá, rá, rá! — Cruzeiro abraçou o preto-velho e se sentou do lado dele.

— Preciso que vocês protejam nosso médium.

— Mas já fazemos isso, meu velho!

— Ele está sendo obsediado.

Segurei firmemente a espada, estava irado por não ter percebido antes.

— Ele está sendo vítima durante o sono — continuou Pai Manuel — e acorda extremamente desorientado. Mãe Saipuna está cuidando dele. Ofereci minha ajuda e, essa noite, vocês prenderão quem está fazendo isso!

Dei uma gargalhada e respondi:

— Meu velho, como gosto disso! Minha espada já está cantando. Rá, rá, rá, rá!

À noite, fomos à casa dele e ficamos esperando pelo ataque. O senhor Vira-Mundo havia autorizado nossa incursão e pediu que ficássemos à vontade. Para que não fôssemos notados, abri minha capa e me ocultei junto com Cruzeiro.

Durante a madrugada, vimos passagens sendo abertas; depois, ouvi os gritos de nosso médium. Volitei para o lado da cama e vi a mãe do rapaz segurando-o e fazendo suas rezas. Com os portais abertos, chamei minha falange e entramos com tudo neles. Do outro lado, fui logo me apresentando:

— Sou Exu Sete Caveiras! Dou a vocês a chance de me servir; ou sucumbirão perante nossa força. A Luz permitiu que viéssemos aqui acabar com sua perseguição.

— Você é só mais um que vai cair diante de nosso poder!

Ouvimos uma risada sinistra e fomos cercados por um exército de demônios. Coitados, não sabiam com quem estavam se metendo. Saquei a espada e, com Cruzeiro tomando conta da retaguarda, o combate começou. Derrubávamos fileiras de demônios e mais seres surgiam; não entendíamos o que estava havendo, pois eles pareciam se multiplicar. Sete Mausoléus nos alertou:

— Estamos combatendo reflexos! Por isso, eles caem, e mais aparecem. Precisamos encontrar a fonte.

No instante seguinte, uma escuridão surgiu. Eu a conhecia e alertei minha falange. A escuridão permitiu que avistássemos um grupo de demônios, eles eram nossos alvos. Todos atacaram! Olhei para a escuridão e agradeci ao Exu da Meia-Noite; de onde estava, ele havia nos ajudado.

Assim que voltamos, fechamos os portais e encontramos Pai Manuel, Mãe Saipuna e o Caboclo do Vento cuidando de nosso médium e descarregando a casa. Cumprimentamos todos eles respeitosamente e voltamos para a calunga.

Eu estava irado por não ter percebido nada, ninguém conseguia me acalmar. De repente, o Caboclo Flecha Certeira apareceu na calunga. Pensei que ele tinha vindo me punir pela desatenção, já estava pronto para receber meu castigo. Todos nós nos ajoelhamos e ele disse:

— Salve, suas bandas! Sete Caveiras, não fique se martirizando, também não pude ajudar nosso médium. Senti uma dor imensa ao vê-lo me chamando sem que eu pudesse fazer nada. Ele tem de aprender a lidar com essas vibrações. Em breve, ele será coroado e precisará vencer essas obsessões.

O caboclo se despediu e se foi. Nunca foi de muita conversa nem de sorrir.

Em novembro de 1993, nosso médium foi coroado na hierarquia do chão que me acolheu. Vi o jovem crescer e começar a dar orgulho para todos nós.

Durante os trabalhos da Esquerda, eu dava passes e descarregava todos os que chegavam até mim. Quando havia uma desobsessão, eu auxiliava, invadindo os domínios de quem obsediava. Já havia conquistado o respeito dos exus antigos, mas, para mim, era muito importante demonstrar minha gratidão por eles.

Acompanhei o crescimento de meu jovem médium na espiritualidade e seu amadurecimento na matéria. Ele aprendeu a lutar contra a negatividade, sempre nos pedia ajuda e, quando nos era permitido, nós acudíamos. Na vida pessoal, assisti de longe ao envolvimento dele com a protegida da Pombagira Cigana. Por várias vezes, eu e Cruzeiro nos encontramos com Cigana para protegê-los.

No terreiro, nosso médium foi crescendo aos poucos e adquirindo responsabilidade, até que foi autorizado a entrar para a linha de consulta. Nas giras de Esquerda, precisei adaptar meu vocabulário e modo de agir para ajudar os consulentes.

Em 1995, ao lado da Pombagira Cigana, de Cruzeiro e de muitos amigos da Direita e da Esquerda, vi o jovem se casar. Naquele momento, me lembrei do quanto desejei me casar com Ana quando cheguei ao Novo Mundo. Todos estavam felizes pelo casal! Eu e Cruzeiro, abraçados, ficamos observando a alegria de todos. Depois, confessei à Pombagira Cigana:

— Cigana, mais do que nunca, sua protegida também terá a minha proteção!

Ela sorriu e, observando a felicidade da protegida, me disse:

— Sete Caveiras, meu amigo, assim como seu protegido terá a minha. Sendo assim, nossos protegidos têm a nossa proteção!

— Se ela decidir desenvolver a mediunidade, você assumirá a coroa da Esquerda dela?

— Se assim a Luz permitir, sim! É meu desejo...

— Pronto! Com os dois incorporados, precisarão de alguém de confiança para protegê-los. Eu! Rá, rá, rá, rá! — Cruzeiro deu uma gargalhada, calando-nos.

Em 1999, senti uma forte dor nos ossos ao ver o filho de nosso médium quase cair perante uma peste — diferente de minha época, mas bastante severa. Toda a espiritualidade da *Tenda Santa Rita* rogava aos céus pela melhora do menino. Eu me sentia impotente! Minha dor aumentou e cheguei a implorar ao meu velho que pudesse fazer algo. Foi nessa época que um amigo se aproximou e ofereceu ajuda.

— Salve, sua banda! Sete Caveiras, sou o Exu do Pântano e vim ajudar. Fiquei sabendo de sua dor e da dor de seu médium. Peço permissão para olhar por ele.

— Agradeço, meu amigo! Seja muito bem-vindo. Com a permissão dos orixás, peço que ajude o menino. Como ficou sabendo?

— Os pedidos de ajuda chegaram ao ponto de força onde atuo. Procurei saber quem era e se teria a permissão de vir. Agora, dependo de vocês!

— Toda ajuda é bem-vinda.

Por dias, eu e todas as entidades da Esquerda e da Direita permaneceram em silêncio, observando o Exu do Pântano trabalhar. Com as bênçãos dos orixás e do Maioral, os médicos da Terra e da espiritualidade foram abençoados e nós pudemos ver o garoto vencer a enfermidade. Fiquei muito grato aos orixás e ao Maioral.

Naquela ocasião, nosso médium aprendeu a lidar com o tempo e a ser mais paciente.

No ano de 2002, pude ver minha amiga e companheira de jornada, Pombagira Cigana, feliz ao ver a protegida incorporar pela primeira vez. A jovem estava com medo, travou o brado da cabocla, mas vimos a luz se expandir e a Cabocla Jaciara manter a vibração. A jovem médium tremia, era um misto de alegria e medo de errar.

Cigana, ao meu lado, parecia uma criança e sorria de alegria. Como sempre, provoquei minha amiga:

— Só espero que ela não trave suas danças, Cigana! Sem elas, você perde o brilho. Rá, rá, rá, rá!

— Sete Caveiras, meu amigo, embora você não seja um cigano de sangue, conquistou nosso respeito devido às diversas lutas que travamos lado a lado. Eu lhe garanto: você vai dançar comigo incorporada, meu amigo! Rá, rá, rá, rá!

Ela sempre tem resposta para tudo!

Continuamos observando e, à distância, pudemos ver o Caboclo Flecha Certeira sorrir mais uma vez. Em seguida, conhecemos Vovó Maria Conga, a preta-velha que, ao lado do meu velho, viria a assumir a casa que comandaríamos.

Quando a Pombagira Cigana incorporou pela primeira vez, Cruzeiro sorriu de alegria, pois elas são muito amigas. Eu, incorporado em nosso médium, gargalhei e abracei minha amiga e companheira de batalhas incorporada na protegida.

SETE CAVEIRAS

CASA DE PAI FLECHA CERTEIRA E MÃE JACIARA

Em fevereiro 2004, fui chamado para uma reunião com o Caboclo Flecha Certeira. O assunto envolvia nosso médium, a protegida de Cigana e nós mesmos. Cigana e Cruzeiro me acompanharam.

Chegando na morada, fui recebido por uma velha conhecida:

— Salve, Sete Caveiras! Vejo que Cruzeiro não o larga mesmo. Rá, rá, rá, rá!

— Salve, Figueira! Ela cuida de mim, senão arrancaria a cabeça de todos os que me importunam! Rá, rá, rá, rá!

Todos demos risada. Fomos até o local da reunião, havia muitas entidades de meu médium e da protegida de Cigana, além de entidades da *Tenda Santa Rita*.

Fiquei apreensivo e imaginando se eu e minha falange havíamos feito algo de errado que tinha irritado a Luz. Cigana também ficou preocupada; ainda que Roni, seu irmão, fosse da Luz. Quando ela o notou entre os presentes, eles se abraçaram e ficaram juntos. Eu e Cruzeiro ficamos aguardando, nervosos.

Fizemos uma oração e a Luz se fez presente, com todo o seu esplendor, nos iluminando. Todos se ajoelharam e foram abençoados.

O Caboclo Flecha Certeira agradeceu a presença de todos, saudou as entidades da *Tenda Santa Rita* e falou:

— Eu e Pai Manuel de Arruda agradecemos a Tupã Maior a bênção de dirigirmos uma casa. Agradecemos a Jaciara e a Vovó Maria Conga por nos acompanharem na caminhada. Farei o chamado a nosso médium; em breve, a vontade brotará nele e, quando estiver pronto, assumirá a missão. Jaciara fará o mesmo com a médium dela.

Durante bastante tempo, ficamos ouvindo as orientações do caboclo sobre como e quando seria o momento. Então, ele se dirigiu a nós, a Esquerda de nossos médiuns, e falou:

— Sete Caveiras e Cigana, não será fácil, mas vocês já travaram outras batalhas em nome da Luz. Agora, peço que se unam a nós nesta caminhada.

Cigana tomou a frente e respondeu:

— Senhor caboclo e senhor preto-velho, se for do agrado dos senhores, eu e meu povo estamos prontos para assumir a missão.

— Cigana, fique ciente de que não mais poderá acompanhar seu irmão nas caravanas. Terá responsabilidades no terreiro como Pombagira Cigana! — afirmou o caboclo com austeridade.

— Entendo, meu senhor, mas também sei que, sempre que possível, poderei ir até eles e eles poderão vir até mim.

O Caboclo Flecha Certeira assentiu com a cabeça, enquanto o Cigano Roni se aproximou e abraçou a irmã. Ele disse a todos que estava honrado e feliz por ver a irmã assumir uma casa ao lado de um bom amigo.

Então, eu me dirigi ao caboclo e ao meu velho:

— Não sou de fugir de uma luta, sabem disso. Se é da vontade dos senhores, eu e minha falange estamos prontos!

Ao final da reunião, o caboclo atirou uma flecha para o alto que, ao cair, iluminou todos. Depois, ele e meu velho seguiram para uma reunião com as entidades da *Tenda Santa Rita* e nós voltamos para a calunga.

Na porteira da morada espiritual, Figueira comentou:

— Sete Caveiras, décadas atrás, quando entrou aqui junto de Caveira, jamais imaginaria que viria a se tornar o exu responsável por uma casa de Umbanda. Era muito impulsivo, respondão e vingativo; chegava a ser um tolo. Exu Caveira me disse que você daria orgulho a ele, e estava certo. Estou feliz por você!

— Figueira, tirando o "tolo", ainda sou tudo isso! Rá, rá, rá, rá!

Eu e Cruzeiro voltamos para a calunga e Cigana partiu com a caravana cigana. Comentamos com nossos amigos o que podíamos contar.

Conforme os dias se passavam, recebemos em nossa calunga a visita de diversos amigos que cuidavam de pessoas muito amadas por mim e que se prontificaram a nos ajudar na nova caminhada. Todos diziam que, na hora certa, encaminhariam os médiuns para nossa casa. Fiquei bem feliz, gargalhava de alegria, mas minha dor aumentava, pois era muita responsabilidade.

Exu Tiriri, um grande amigo que lutara ao meu lado outrora, foi um deles.

— Salve sua banda, Sete Caveiras! Peço sua licença.

— Seja bem-vindo, Tiriri! O que houve?

— Soube que assumirá um terreiro. Quando chegar a hora, vou encaminhar minha médium para você. Assim, trabalharemos juntos mais uma vez.

— Serão muito bem-vindos! Precisaremos de bons amigos.

Outra pombagira, antiga conhecida, se apresentou e, em tom sensual, falou:

— Salve suas forças, grandão! Nunca tive a oportunidade de agradecer por ter me salvado dos demônios que me prenderam. Nossos superiores ordenaram que eu viesse até você. Se permitir, também trabalharei com você e seu médium.

— Seja bem-vinda, Dama da Noite! Não precisa agradecer.

Em 2004, quando eu e Cruzeiro estávamos indo visitar e inspecionar nossas prisões, sentimos uma presença que já conhecíamos.

— Salve, moço! Salve, moça! Que Zambi Maior os abençoe! Que o povo do Congo e o povo de Arruda aumentem sua luz.

— Salve, meu velho! Como podemos ajudar? — perguntei.

— Salve, Pai Manuel! Sua bênção? — Cruzeiro o abraçou e se sentou ao lado do preto-velho.

— Sete Caveiras, depois de nossa reunião, sinto sua dor mais forte. O que houve?

— Meu velho, décadas se passaram desde meu reencontro com Ana e ainda não vi meu filho. Anseio conhecê-lo! Com o terreiro, minha responsabilidade aumentará... temo não poder encontrá-lo.

— Calma, moço. Sua ansiedade atrapalha a caminhada... tudo a seu tempo! Logo, teremos uma grande festa na *Tenda Santa Rita*; como sempre, prepare sua falange, pois ajudarão no que for preciso.

— Sim, meu velho. Espero que tenhamos muito trabalho, quero um pouco de diversão!

Pai Manuel se despediu e foi embora. Eu e Cruzeiro nos sentamos perto de um túmulo antes de irmos visitar as prisões. Cruzeiro acariciou meu rosto e falou:

— Sete Caveiras, quantas pessoas nós já ajudamos? Muitas! Quantos espíritos já libertamos? Muitos! Sou grata ao Maioral por permitir que eu estivesse com você em todos esses momentos! Quero passar cada instante possível ao seu lado! Quero ajudar você e Cigana, mas, para isso, primeiro precisamos seguir as ordens da Luz... passo a passo, degrau por degrau. Controle sua dor e sua ansiedade. Vamos mostrar nossas espadas para quem ousar atacar as tendas protegidas por nós.

As palavras de Cruzeiro me levantaram. O tempo passou e nós nos unimos aos exus antigos para a defesa da *Tenda Santa Rita*. Conseguimos um pouco de diversão e prendemos alguns demônios.

Em janeiro de 2005, estava tudo pronto para nosso médium atender ao chamado do Caboclo Flecha Certeira. Sentimos o desejo dele brotar e a chama da espiritualidade acender. No mês seguinte, nosso médium atendeu ao chamado. Pronto! Agora, era uma questão de tempo para que nossa corrente se formasse.

Em março, aconteceu a primeira gira e eu fiquei imensamente honrado ao receber a visita dos exus antigos. Eles nos disseram que, sempre que eu e Cigana precisássemos, bastava chamá-los.

No mesmo ano, o Cigano Roni incorporou em nosso médium, deixando minha amiga, a Pombagira Cigana, muito feliz. Seu povo trabalharia na mesma casa que ela.

Durante um ano e meio, a *Casa de Pai Flecha Certeira e Mãe Jaciara* dividiu o lar de nosso médium com o terreiro.

Em 2007, o terreiro ganhou um espaço maior, e nós começamos a verdadeira batalha. Logo na primeira gira, ele foi cercado por demônios que pretendiam derrubar nosso médium e nossa casa. A história se repetia! Minha falange e as de meus amigos estavam prontas para o combate quando meu velho surgiu ao meu lado e disse:

— Espere, Sete Caveiras! Flecha Certeira virá aqui.

O caboclo estava incorporado, mas logo sentimos ele desincorporar de nosso médium. Segundos depois, estava do nosso lado e tomou a frente.

— O que querem? Este terreiro está sob minha proteção. Vão embora!

Diferente de outrora, os demônios não conheciam o caboclo, desfizeram-se dele e de todos nós. Eu, Sete Mausoléus, Sete

Catacumbas, Tiriri, Tata Calunga, Dama da Noite, Cruzeiro, Cigana, Tranca-Ruas, Exu dos Caminhos, Exu do Pântano, Maria Padilha, Calunguinha, Pimentinha e todas as entidades da casa queriam atacar! Os demônios tinham ofendido nosso velho e o caboclo, que mais uma vez pediu:

— Vão embora! Não precisamos batalhar. Se insistirem, todos serão presos.

Os demônios se enfureceram, e eu já estava com a espada pronta para agir. Flecha Certeira se virou para Pai Manuel e pediu:

— Peço sua licença para acabar com isso. Usarei uma única flecha!

— Sim, menino. Se for sua vontade, é minha também.

O caboclo nunca fugiu de um combate. Ele se ajoelhou — ouso dizer que o vi quase chorar — e olhou para o céu estrelado. No terreiro, o pestinha filho de sangue de nosso médium ouviu mentalmente o pedido do caboclo e cantou um ponto que dizia assim: "Aqui nessa aldeia, tem um caboclo que é real; ele não mora longe, mora aqui mesmo nesse canzuá!".

Flecha Certeira atirou uma flecha que, ao cair, iluminou todos. Uma cratera se abriu embaixo dos demônios, sugando todos para nossas prisões. Foi uma única flecha, um único tiro. Esse é o Caboclo Flecha Certeira!

Em seguida, ele olhou para nós e disse:

— Vão! Prendam todos! Depois, voltem para darmos continuidade à gira e ajudarmos quem precisa!

O caboclo voltou para o terreiro e eu, antes de ir para nossas prisões, ainda ouvi o brado dele incorporando em nosso médium.[1]

---

[1] Entre este capítulo e o próximo, acontece a história narrada em *O resgate de Tiriri*. Caso o leitor prefira, pode avançar para a página 142 e, ao término do Livro II, retornar para a página 135. [Nota da Editora, daqui em diante, NE]

SETE CAVEIRAS

O VERDADEIRO EU

A pedido de meu velho, acontecem giras de Esquerda abertas em nossa casa. Atendemos muitos encarnados que buscam ajuda de diversas formas. Com o tempo, nossa corrente cresceu, médiuns encontraram afinidade com as entidades da casa e entraram na corrente. Minha dor foi sentida e eu pude abraçar os que a sentiram.

Nosso médium nunca deixou a *Tenda Santa Rita*, nem eu ou qualquer um de nós da espiritualidade. Cheguei a jurar para a comadre dirigente da tenda que eu sempre defenderia a casa.

Após muitas giras e muitas consultas dadas, finalmente consegui o que tanto desejava: plasmar a forma humana de minha última encarnação sobre a minha de caveira. Meu velho e todos da Direita ficaram felizes por mim, mas ninguém ficou mais feliz que Cruzeiro ou Sete Mausoléus. Cruzeiro me abraçava, me acariciava e vertia lágrimas de alegria. O que eu precisava para ver meu filho, aconteceu! Eu, que queria tanto plasmar aquela aparência, renuncio constantemente a ela. Renuncio àquela forma toda vez que vou trabalhar na Umbanda ou que saio em missão pela Luz. Todos os que me conhecem me aceitam como caveira, e assim será!

Minha dor aumentou e, quando algum amigo me perguntava o que estava acontecendo, eu respondia rispidamente, segurando a espada. Por vezes, Cruzeiro e Sete Mausoléus tentaram conversar comigo, sem êxito. Meu velho e todos da Direita não questionavam, apenas observavam e me davam ordens quando necessário. Na verdade, eu gostava da minha forma de caveira, pois me lembrava de quem eu era.

O tempo passou, continuei defendendo quem precisava, mas minha dor só aumentava. Eu queria esquecê-la e trabalhava sem me importar com nada. Um dia, porém, em uma gira de Esquerda sob meu comando, atendi a uma mãe que chorava pela filha que estava sendo obsediada. A ira tomou conta de mim... obsediar uma jovem?! Não importava o motivo, eu queria justiça.

Por um breve instante, me afastei de meu médium, tempo suficiente para invadir a casa da jovem, arrancar o demônio de lá e levá-lo para nossas prisões. Enquanto isso, Cruzeiro, que havia me acompanhado, ficou irradiando energia sobre a moça, acalmando-a. Antes de voltar para a gira, fui buscar Cruzeiro. A jovem estava mais calma, respirou fundo e, como um lampejo, me viu como uma caveira e enxergou Cruzeiro energizando-a. A moça sorriu, surpreendendo-me, baixou a cabeça e fez uma oração, agradecendo aos céus a paz conquistada.

Voltei para o terreiro, incorporei de novo em meu médium e vi Pai Manuel à minha espera. Ele não disse nada naquele momento; mas, depois da gira, quando fui agradecê-lo, ele falou:

— Está vendo, moço? Sua aparência não importa, nunca importou! São suas atitudes que contam para a Luz. A jovem não se importou com seu exterior, pois ela sabe que mesmo nas trevas existe luz, e ela viu a Luz em você.

Minha dor se aplacou. Por fim, entendi: nas giras de Umbanda e nas missões de luz eu sou Sete Caveiras; e, ao lado de

Cruzeiro ou na calunga, continuo sendo Sete Caveiras. Demorei uma eternidade para entender isso! Minha aparência não diz nada, apenas meu trabalho. Por isso, os seres de luz nunca se importaram com meu exterior.

Foi em uma gira de Esquerda que pude realizar meu desejo mais profundo.

Nossa casa estava preparando uma festa para mim. Neste dia, toda a Direita estava presente e o Cigano Roni, meu amigo, estava acampado na frente do terreiro. Até as entidades da *Tenda Santa Rita* estavam presentes.

Nosso médium fez a abertura da gira. A comadre, companheira de meu médium, estava cantando como nunca; o pestinha, filho dos dois, tocava como se fosse a última gira. Quando começaram a cantar para mim, como sempre, esperei a autorização de meu velho, pois sempre o respeitei. Como digo a todos de nossa casa: "Falem de mim, mas não falem de meu velho". Assim, demonstro a importância e o respeito que dou ao preto-velho.

Autorização concedida, irradiei meu médium e comecei o processo de incorporação. Dei minha gargalhada, saudei o chão que me acolhe, saudei o gongá e saudei meu velho. Abracei a comadre-velha, comandante da *Tenda Santa Rita*, e abracei o compadre-velho. A comadre, companheira de meu médium, me entregou minha capa, minha caneca e meu charuto; depois, ativei todos os elementos para que me servissem durante a incorporação.

Quando ia pedir que chamassem meus amigos, fui interrompido por meu velho. É uma pena que nenhum dos médiuns presentes tenha escutado o que ele disse ou visto o que estava acontecendo, mas tenho a certeza de que sentiram a imensidão da Luz presente.

— Sete Caveiras, hoje, estamos todos aqui para vê-lo em uma gira e temos um presente para você.

Vi o Caboclo Goytacaz chegando ao lado do Caboclo Flecha Certeira e, no meio dos dois, estava Ana, segurando uma criança. Era meu filho! Fiquei assustado, pois eu estava na gira de Esquerda em forma de caveira. Eu havia prometido que ele me veria plasmado como humano, e não podia mudar a aparência naquele momento.

Ouvindo o canto dos curimbeiros, fiquei ajoelhado sem saber o que fazer, até que meu filho correu até mim e me abraçou. Eu o abracei forte e nós choramos juntos. Ana abraçou Cruzeiro, que estava ao lado de Pai Manuel, e as duas também choraram juntas. Toda a minha falange se fez presente, sorrindo e gargalhando, diziam que agora a festa estava completa. Até meu mentor, Exu Caveira, estava lá.

Antes de irem embora, Ana fez um pedido:

— Sete Caveiras, todos dizem que você e a Pombagira Cigana fazem uma dança linda quando incorporam. Deixe-nos presenciar! Cruzeiro me disse que é de causar inveja a qualquer exu. Quando encarnado, nunca o vi dançar; só via você treinando esgrima com o Exu Sete Mausoléus.

Ordenei que os curimbeiros cantassem para Cigana. Quando ela incorporou, não nos fizemos de rogados e dançamos para que todos presenciassem. Agradeci a presença de todos os seres de luz e ainda pude ouvir do Caboclo Goytacaz:

— Exu, para nós, suas atitudes é que contam. Lembre-se disso: você é um exu valioso para nós!

Ele se retirou com Ana e meu filho. Pouco depois, o Caboclo Flecha Certeira veio me abraçar e agradecer por todas as vezes em que lutei — e ainda lutaria — para defender nosso médium e nossa casa. Meu amigo da Luz, o Cigano Roni, abriu uma garrafa de vinho e a dividiu comigo ali mesmo. Ele é, realmente, muito festeiro.

Tivemos nossa festa e a terminamos muito felizes.

Continuo na Umbanda, trabalhando ao lado de Cruzeiro, Cigana, Sete Mausoléus, dos exus antigos e de toda a minha falange. Trabalho com os filhos da corrente que adotei e eles me chamam de Pai Sete Caveiras. Gostam mesmo de osso! Rá, rá, rá, rá!

Amo meu médium; o pestinha, filho dele; a comadre, companheira dele; a comadre-velha; e o compadre-velho. Continuo não calando a boca diante dos seres de luz, mas aprendi a respeitá-los muito mais, e nunca mais duvidei de suas intenções.

Sou exu, nunca fico de bobeira e, se você precisar, meu nome é Sete Caveiras!

SETE CAVEIRAS

POSFÁCIO

Nasci em uma família umbandista e sempre acompanhei minha avó nos poucos terreiros que ela frequentou. Portanto, nada do que vi quando entrei no *Núcleo* era novidade, a não ser a Linha da Esquerda, da qual sempre tive muito medo. Aos poucos, porém, comecei a ter uma outra visão sobre esses seres de luz. Sim, de luz!

É estranho e, ao mesmo tempo, gratificante conhecer a história de um exu como humano. Principalmente, quando ele é o guardião do terreiro que você frequenta como médium!

Por várias vezes, ouvimos um pouco da história dele em nossas giras e cursos, e o motivo maior de sua queda, mas, na verdade, não ouvimos quase nada. O que li neste livro é uma viagem por vidas passadas, uma história de amor, ego, vaidade e resgate, tendo a certeza maior de que a vaidade é a pura derrocada dos seres humanos — que sempre existiu e que ainda vai perpetuar, infelizmente. Feliz dos que aprendem e se arrependem a tempo!

Um exu que teve como humano sua primeira queda. Sendo o irmão mais novo, se achava poderoso, intocável, mimado, vaidoso e indestrutível; caiu, sentindo-se culpado pela morte da mãe, e tirando a própria vida.

Recebeu a segunda chance. Voltando a encarnar, faria diferente? Teve uma boa profissão, ajudou muita gente, salvou muitas vidas, mas faltou a principal — não que as outras não fossem importantes. Também se apaixonou, mas, quando ganhou poder, não pensou duas vezes e, por percalços da vida, distanciou-se do amor.

Quando finalmente chegou a hora de reencontrar a amada, invadido pelo ego, pela vaidade e pelo poder, ficou cego e não a reconheceu; logo quando ela mais precisou dele. Sua queda recomeçaria...

Embarque nesta história e tenha a satisfação de conhecer um pouco mais sobre o guardião Exu Sete Caveiras e de entender que dessa vida levamos apenas nossas ações, mais nada. Ela nos deixa uma lição: "Não permita que a vaidade fale mais alto que seu caráter ou que seu ego destrua a confiança que um dia o Grande Criador depositou em você".

Ao meu pai de santo, agradeço a oportunidade de conhecer esta linda história!

Ellen Florêncio
Médium da *Casa de Pai Flecha Certeira e Mãe Jaciara*

LIVRO II

O resgate de Tiriri

SETE CAVEIRAS

APRESENTAÇÃO

Em dezembro de 2018, quando tive a honra de psicografar a história do senhor Exu Sete Caveiras que me acompanha, eu não fazia ideia de como a história dele tocaria de forma tão especial quem a lesse.

Meses depois de terminar o primeiro livro da saga, comecei a psicografar este segundo livro, que nos traz muitos ensinamentos sobre trabalhos e fundamentos dos exus. Contudo, como o próprio Sete Caveiras deixa claro, a lei do silêncio foi mantida e só foi revelado o que nos foi permitido.

Ainda há muito a aprender sobre essas entidades que lutam nossas batalhas no astral inferior. Esse é um começo para que possamos demonstrar a verdade sobre esses mensageiros da Luz.

Para um melhor entendimento, recomendo fortemente que leia o primeiro livro antes deste.

Paulo Ludogero
Dirigente da *Casa de Pai Flecha Certeira e Mãe Jaciara*

SETE CAVEIRAS

PREFÁCIO

Na vida da gente, exu é o primeiro em tudo, a comer, a ser louvado, e é o último a se retirar. Exu Sete Caveiras, amigo, guardião, companheiro, dono de um grande mistério que devemos respeitar, porque somos muitos, e poucos são os escolhidos a serem médiuns de uma grande entidade como essa.

Aqui, um pequeno pedaço de papel que, em poucas linhas, fará lágrimas rolar e risadas soar. Vamos viajar nesta história! Como dizem: "Exu, ai, exu! Ó, meu senhor, não faça pouco de mim!".

Na Umbanda, sem exu não se faz nada. Quem faz um bom exu é um bom médium; e quem faz um bom médium é um bom exu.

Quando lançamos um livro, não podemos esquecer de nossos ancestrais, porque ninguém é filho de chocadeira, mas, se formos nomear a todos, serão páginas e mais páginas. Então, deixemos uma pequena homenagem a Pai Durval da *Tenda Santa Rita*; Pai Félix, Mãe Iracema e Joana Imparato da *Tupã Oca do Caboclo Arranca Toco*; Pai Rubens da *Tenda de Umbanda Pai Benedito*; Pai Demétrio da *Tenda de Umbanda Mãe Yemanjá* e Milton Aguirre, todos *in memoriam*.

Também homenageamos aqueles que estão junto a nós: Mãe Imaculada, Pai Jamil, Mãe Cidinha, Pai Paulo, Mãe Cátia Sandra Santos, Pai Edson dos Anjos, Ogã Juvenal, Basílio e tantos outros que trabalham em prol da Umbanda.

Exu, queria eu ser filho deste maravilhoso orixá, mas Olorum não permitiu, e sou feliz pelos pais que tenho. Peço que meu pai Xangô e minha mãe Iemanjá abençoem a todos que estão lendo e viajando nos mistérios desse exu e que abençoem, principalmente, meu irmão Paulo Ludogero.

Axé a todos!

Edson Ludogero
Comandante-chefe de terreiro da *Tenda
Espírita de Umbanda Santa Rita de Cáss*ia

SETE CAVEIRAS

PRÓLOGO

Quando o Exu Sete Caveiras me contou sua história, separei esta em especial para contar separadamente, dada sua riqueza de detalhes e ensinamentos.

Esta história acontece antes do encontro de Sete Caveiras com seu amado filho, fato relatado em *Sete Caveiras: o guardião da Luz nas trevas*.

Espero que também apreciem *Sete Caveiras: o resgate de Tiriri*.

Viking

SETE CAVEIRAS

SOU EXU SETE CAVEIRAS

Sou Exu Sete Caveiras, regente de uma calunga. Ao lado da Pombagira Cigana, do Exu dos Caminhos, da Pombagira Dama da Noite, da Pombagira do Cruzeiro — minha companheira — e de nossos amigos, comandamos a Esquerda da *Casa de Pai Flecha Certeira e Mãe Jaciara*.

Respeitamos todos os seres de luz, mas recebemos ordens diretas das entidades-chefes da *Tenda Santa Rita* e do Caboclo Flecha Certeira, da Cabocla Jaciara, de Pai Manuel de Arruda e da Vovó Maria Conga, entidades que assistem nosso médium e sua companheira. A *Tenda Santa Rita* tem minha espada e toda a minha falange à disposição.

No ano de 2009, nosso médium, já coroado na doutrina da *Tenda Espírita de Umbanda Santa Rita de Cássia*, passou a comandar a parte material de nossa casa junto com a companheira, recentemente coroada pelo Caboclo Flecha Certeira.

Nossa casa estava em festa, a Direita vibrava, pois a Cabocla Jaciara conseguira plantar a semente do amor ao próximo no coração da médium, culminando em sua coroação.

Nós da Esquerda também festejávamos em nossa calunga a coroação de minha comadre. Minha amiga, a Pombagira Cigana, vibrava por sua protegida ter alcançado aquele grau na casa e convidou os irmãos, Cigano Roni e Exu-Cigano Sete Adagas, para comemorarem conosco. Eu convidei meu mentor, Exu Caveira, e a Pombagira da Figueira. Os exus antigos Vira-Mundo, Meia-Noite e Veludo, nossos amigos, comemoraram conosco, mas não ficaram por muito tempo na calunga.

O Cigano Roni dançava com as pombagiras, em especial com Dama da Noite. Eu, Cruzeiro e até mesmo o carrancudo Exu do Pântano nos divertíamos. Os mirins Calunguinha, Pimentinha e todos os outros pulavam e cantavam. Exu dos Caminhos, porém, estava inquieto e dizia que havia algo errado. Então, falei para ele:

— Calma, meu amigo! Passamos quarenta dias lutando com atenção redobrada. Merecemos um pouco de diversão. Você está sentindo falta da ação. Rá, rá, rá, rá!

— Sete Caveiras, os caminhos são meu ponto de força, e algo está errado! Tenho certeza!

Nossa aparente diversão acabou junto com a frase de meu amigo. No mesmo instante, agarrei a espada. Cruzeiro se aproximou de mim e disse a todos:

— Também senti uma perturbação. O cruzeiro é meu ponto de força: é o encontro de dois caminhos, o material e o espiritual; é o encontro de duas realidades, a material e a espiritual; é o encontro de dois pontos de força da natureza. É no cruzeiro que muitos mensageiros vêm buscar os pedidos feitos pelos encarnados e é onde muitos de nós da Esquerda buscam forças advindas de nossos orixás regentes. Por mais que me concentre, não sei de onde vem essa inquietação.

Todos ficamos imóveis, apreensivos e calados, até que nosso amigo da Luz e da Direita, que nos honrava com sua presença, o Cigano Roni, interrompeu o silêncio que pairava no ar:

— Todos se acalmem! Vou com Sete Adagas ver se nossos médiuns estão bem. Já voltamos.

Exu dos Caminhos continuava muito tenso. Cruzeiro tinha ido com Dama da Noite e a Pombagira Cigana até seu ponto de força ver se conseguiam informações. Enquanto isso, ficamos atentos. Meu mentor, Exu Caveira, se aproximou e disse:

— Sete Caveiras, se existe algo errado, devo permanecer em minha calunga. Se precisar, me chame.

Pombagira da Figueira se despediu amorosamente de Caveira e falou:

— Também voltarei para minha porteira na morada espiritual. Se souber de algo, mando avisar. Se precisar de mim, basta me chamar.

Ficamos alguns minutos — que mais pareciam horas — esperando por Roni, até que ele voltou e disse:

— Estão todos bem e felizes pela coroação. Sete Caveiras, vou até minha caravana ver se descubro algo. Sete Adagas ficará com vocês.

— Tome cuidado, meu amigo! Os filhos do vento também pertencem aos caminhos, e essa inquietação pode atingi-los — disse o Exu dos Caminhos.

Roni assentiu com a cabeça e foi ao encontro da caravana.

Pedi a Sete Mausoléus, meu amigo de longa data, que tomasse conta de nossa calunga e que esperasse por Cruzeiro, pois eu ia buscar mais informações no terreiro.

Quando cheguei no templo, o Caboclo Flecha Certeira estava no local conversando com outro caboclo. Estranhei. Por que estavam se encontrando em nossa casa, não nas moradas espirituais? Esperei até poder entrar no terreiro e falar.

Assim que o outro caboclo se foi, a Cabocla Jaciara surgiu ao lado de Flecha Certeira e me disse:

— Entre, moço. O que o aflige?

— Salve, suas luzes! O Exu dos Caminhos e a Pombagira do Cruzeiro estão sentindo uma inquietação e não sabem o que é. Vim tentar descobrir algo ou ajudar.

— Sete Caveiras, eu e meu chefe, Flecha Certeira, também sentimos essa perturbação. O caboclo que viu aqui também sentiu e ouviu.

— Como assim "ouviu", minha senhora? — perguntei, muito curioso.

— Enviaram através das passagens e dos caminhos espirituais um pedido de ajuda direcionado para nossa casa — respondeu o Caboclo Flecha Certeira. — Estamos aguardando para saber o que está havendo de verdade, tentando entender como esse pedido chegou até nós e de onde veio? No entanto, de qualquer forma, vamos ajudar. Prepare sua falange, pois vamos socorrer os irmãos que nos pediram ajuda! Jaciara, tome conta de tudo, vou buscar mais informações.

Ele volitou na nossa frente. Eu me curvei diante da cabocla e permaneci em silêncio. Depois, ela me perguntou:

— O que foi, moço? Sinto certa preocupação em você.

— Minha senhora, o Exu dos Caminhos está tenso, nunca o vi assim! Agora, esse pedido de ajuda estranho... pressinto uma nova batalha de proporções ainda maiores que as da que travamos nos últimos quarenta dias! Todavia, por que apenas ele e Cruzeiro sentiram a inquietação?

— Exu dos Caminhos é o guardião dos caminhos da criação; Pombagira do Cruzeiro é a guardiã das passagens. Todo cruzeiro é uma passagem e em toda passagem existe um caminho. O pedido de ajuda atravessou a passagem e encontrou um caminho até nós... por isso, os dois sentiram a inquietação.

— Agradeço o ensinamento, minha senhora. Vou preparar minha falange.

Em seguida, me despedi respeitosamente e voltei para nossa calunga, onde todos me esperavam.

Na calunga, todos me aguardavam apreensivos. Então, contei-lhes o que eu tinha visto e ouvido e avisei que teríamos de esperar. Exu dos Caminhos perguntou:

— Esse pedido de ajuda atravessou domínios até nós... deve ser de alguém que conhecemos, não acha?

— Sim, meu amigo, também pensei nisso. Quando chegar a hora, vamos atravessar as passagens, percorrer os caminhos e ajudar quem precisa.

Olhei para o céu, dei uma volta inteira olhando para todos e gritei bem alto:

— Sou Exu Sete Caveiras e seu pedido será atendido! Vamos encontrá-lo e ajudá-lo!

SETE CAVEIRAS

QUEM NOS CHAMOU?

Depois do encontro com os caboclos em nosso terreiro, ficamos na expectativa de, a qualquer instante, descobrir quem havia pedido nossa ajuda. Esperamos por horas, até que Pai Manuel de Arruda apareceu em nossa calunga. A Pombagira do Cruzeiro sempre recepcionava e pedia a bênção ao preto-velho.

— Seja bem-vindo, Pai Manuel! Sua bênção?

— Zambi Maior a abençoe! Que o povo do Congo e de Arruda aumentem suas luzes! Vim conversar com vocês. Sabemos que têm guardado nossa casa e nossos médiuns com muito afinco, sem questionar nada. Sempre atendem nossos pedidos e as ordens que chegam de nossos superiores. Uma súplica por ajuda chegou até nós! Não importa de quem seja, ela percorreu domínios e passagens até nos encontrar. Acreditamos que, com a coroação da menina da Cabocla Jaciara, as vibrações da casa tenham aumentado, expandindo sua luz e permitindo que o pedido de ajuda chegasse a nós.

— Meu velho, eu e o Exu dos Caminhos achamos que pode ser um conhecido. Por isso, o pedido veio diretamente para nossa casa — falei para meu velho de cabeça baixa e apreensivo.

— Sete Caveiras, também achamos... e já desconfiamos de alguém. No entanto, não posso falar nada antes de ter a certeza. Neste momento, uma falange de exus e pombagiras está procurando por um exu. Se não o encontrarem nas próximas horas, saberemos que foi ele quem nos enviou o pedido de ajuda.

— Quem, meu velho?

— Acalme seus instintos e sua ansiedade. Vou até a morada de Flecha Certeira saber se já temos alguma novidade.

Permanecemos em silêncio. Pai Manuel abençoou a todos e, na nossa frente, volitou para as moradas espirituais.

Não adiantava ficarmos ali parados esperando. Mandei Sete Mausoléus e Sete Catacumbas percorrerem nossas prisões e ficarem atentos. Pedi para Sete Adagas e Cigana irem até a caravana cigana. Exu do Pântano, Calunguinha e Pimentinha se dirigiram cada um para o próprio ponto de força. Assim, todos nós nos dispersamos e seguimos com os afazeres.

Eu, Pombagira do Cruzeiro e Exu dos Caminhos ficamos juntos e começamos a percorrer as calungas à procura de informações. Em todas pelas quais passamos, a Luz já havia estado e indagado sobre um determinado exu. Minha angústia só aumentava, pois não me revelavam o nome do exu que ela procurava.

Quando voltamos para nossa calunga, nos reunimos, mas permanecemos em silêncio. Exu dos Caminhos e Pombagira do Cruzeiro sentiam-se impotentes, pois perceberam o chamado, mas não sabiam de quem era.

Ficamos angustiados por horas até que o próprio Caboclo Flecha Certeira apareceu como um raio à nossa frente. Como sempre, a Pombagira do Cruzeiro se aproximou dele, pediu-lhe a bênção e perguntou:

— Senhor caboclo, estamos angustiados sem saber o quê ou como fazer! O senhor já descobriu quem nos pediu ajuda?

— Sim, moça, já descobrimos. Preciso que todos se reúnam, pois alguns serão escolhidos para irem a uma dimensão desconhecida por nós. Lá, enfrentarão perigos que não sabemos quais são e sequer descobrimos contra quem vocês lutarão. Vamos conversar em nosso terreiro, já intuí nosso médium para firmar e colocar à disposição de vocês os elementos que são da Esquerda. Lá, decidiremos quem vai e quem ficará na defesa do terreiro. Aguardo todos vocês em nossa casa.

Sem dizer mais nada, ele volitou na nossa frente. Permanecemos calados até que Cruzeiro falou:

— O que estamos esperando? Nossas espadas já derrotaram demônios que nem imaginávamos existir. Já derrotamos serpentes negras, exércitos de demônios... e a Luz confia em nós para resgatar um dos nossos. Então, vamos!

Chamei mentalmente a minha falange e a Pombagira Cigana, que veio junto com o Exu Sete Adaga. O Cigano Roni já estava no terreiro nos esperando ao lado de outras entidades. Exu do Pântano, Pombagira Dama da Noite e os exus-mirins também responderam ao meu chamado.

Antes de irmos para o terreiro, dei ordens expressas para que, em nossa ausência, ninguém entrasse na calunga. Também determinei que o Exu Sete Mausoléus ficaria no comando. Além disso, caso a Luz viesse dar alguma ordem durante nossa ausência, que fosse cumprida. Olhando para minha falange, senti um calafrio e cheguei a temer que aquela fosse nossa despedida. Dei uma gargalhada imensa, disfarçando minha preocupação, e disse a todos:

— Não se divirtam muito durante nossa ausência!

Irradiei minha capa e volitei com meus amigos e parte da falange.

Assim que chegamos ao terreiro, vimos Pai Manuel, Caboclo Flecha Certeira, Cabocla Jaciara, Vovó Maria Conga, Baiana Rosa

Ventania, Boiadeiro Chico Ponteiro, Baiano Zé dos Dois Cocos, Cigano Roni, Cigana Sara, Boiadeira Maria Quitéria e alguns erês que também estavam lá. Eram muitas entidades da Direita, mas o que mais me surpreendeu foi a presença do mesmo caboclo que tinha visto conversando com Flecha Certeira. Ele não era de nossa casa. De onde seria e por que estava lá?

Fomos recepcionados por meu velho.

— Que Zambi Maior os abençoe e aumente suas luzes! Sejam bem-vindos!

— Sua bênção, Pai Manuel? A bênção de todos? Estamos prontos para servir à Luz mais uma vez — disse a Pombagira do Cruzeiro.

Ficamos ali parados enquanto os seres de luz conversavam. A ansiedade tomava conta de mim. Cruzeiro percebeu e me falou:

— Acalme seus instintos! Ou não deixarão que vá na missão.

— O quê?! Como não deixariam?

— Cale-se e se acalme!

Passaram-se alguns minutos que mais pareciam dias. A ansiedade começou a tomar conta de Cruzeiro também, pois ela não tirava a mão da espada. De repente, Vovó Maria Conga bateu a bengala no chão e caminhou até a Pombagira Cigana.

— Menina, você precisa ir nessa missão. Leve este fio de contas para protegê-la. Exu dos Caminhos, você também deve ir, pois os caminhos serão abertos por você, enquanto o Exu Sete Adagas e a Pombagira Cigana seguirão na frente guiando todos. Venham os dois, ajoelhem-se para que eu coloque meus fios de contas em vocês.

Então, Pai Manuel se dirigiu à Pombagira do Cruzeiro e ao Exu do Pântano:

— Moça, leve esta cruz de madeira para lhe proteger. Exu do Pântano, também darei a você uma cruz de madeira; se achar necessário, use-a para curar quem quer que seja. Seu conhecimento sobre a cura se faz necessário nesta missão.

Eu já estava ficando nervoso, ninguém vinha falar comigo! Será que Cruzeiro tinha razão? Eu não iria nesta missão?

A Cabocla Jaciara voltou-se para a Pombagira Cigana e falou:

— Minha filha, leve este fio de sementes e solte-as se achar necessário. Irei até lá e trarei de volta quem eu puder.

Nervoso e ansioso, perguntei em um tom de voz alto:

— "Lá" onde, minha senhora? Até agora, não disseram para onde vamos. Já aviso, de antemão, que não deixarei Cruzeiro e meus amigos irem sem mim. Nem pensem em me deixar fora desta missão!

Eu e minha boca de caveira! Nunca me calo diante dos seres de luz. O Caboclo Flecha Certeira deu um brado ensurdecedor, calando-me. Então, caminhou até mim e, fitando meus olhos de caveira, falou:

— Sete Caveiras, não terminamos ainda. Ainda que tivéssemos terminado, você obedeceria! Sua ansiedade o prejudica demais. Todos queremos o melhor, e o terreiro precisa de proteção... temos esta missão, temos a *Tenda Santa Rita*, temos os filhos desta casa. Pensamos no melhor, tenha a certeza disso!

— Perdoe-me, senhor caboclo. Vou me calar...

Cruzeiro me fulminou com os olhos, fazendo meus ossos tremerem. Lembrei-me da época em que eu ficava sentado sobre meu túmulo, esperando a Luz; quando tentava falar com ela, ela me fulminava com os olhos, fazendo tremer todos os meus ossos.

Todos se puseram em silêncio. O Cigano Roni, percebendo a tensão disse:

— Meus amigos e meus senhores, a energia que nos envolve está deixando todos muito tensos; assim, podemos nos perder em palavras. Estou certo de que Sete Caveiras falou apenas com o coração... também falou por mim, pois minha irmã, a Pomba-gira Cigana, e meu irmão, Exu Sete Adagas, foram convocados para esta missão, que todos pressentimos ser bastante perigosa. Eu também desejo ir com eles, mas entendo que serei necessário aqui com minha caravana... que já está chegando e montará acampamento. Só peço à Divina Kali que abençoe a todos nós!

O Cigano Roni é um amigo que todo exu gostaria de ter. Ele é da Luz, mas não hesita em ajudar os que trabalham nas trevas. Talvez, seja porque os irmãos dele são da Esquerda.

Ainda tenso e segurando a espada, vi o Caboclo Flecha Certeira se ajoelhar. Então, um clarão se fez dentro do terreiro. Todos nos ajoelhamos e vimos a Preta-Velha Mãe Saipuna chegar e anunciar:

— Zambi Maior abençoe a todos! Vim avisar que, se precisarem de mim ou do Exu Vira-Mundo, podem contar conosco.

— Minha velha, toda ajuda é válida, pois ainda não sabemos o que vamos encontrar. Seja bem-vinda! — disse Pai Manuel de Arruda.

— Vira-Mundo tomará conta da porteira do terreiro, junto com todos que já estão lá — afirmou Mãe Saipuna.

Todos os presentes a saudaram respeitosamente. Mãe Saipuna é muito respeitada na *Tenda Santa Rita* e nós também a respeitamos bastante.

Divagando em pensamentos, constatei: ter um exu antigo, tomando conta de nossa porteira é uma honra; no entanto, isso me deixou sossegado e, ao mesmo tempo, mais apreensivo. Com todo o poder dele, certamente, nosso terreiro estava protegido; mas, se ele ficaria na porteira, algo muito perigoso haveria na missão.

O Caboclo Flecha Certeira se levantou e chamou:

— Sete Caveiras e Dama da Noite, junto com Exu do Pântano, Exu Sete Adagas, Exu dos Caminhos, Pombagira do Cruzeiro e Pombagira Cigana, vocês formarão o grupo que irá nesta missão. Sete Caveiras, Sete Catacumbas ficará aqui e ajudará na defesa da casa junto com todos da Esquerda de nossos médiuns. O Exu Vira-Mundo tomará conta da porteira de nossa casa. Pelo que sabemos, o tempo lá é diferente do tempo deste lado da criação de Tupã Maior. Para vocês, vai parecer que se passaram dias ou até mesmo uma eternidade, mas aqui terão se passado apenas alguns minutos ou dias. Cada um de vocês levará consigo uma flecha minha que, ao soltar no ar, abrirá um caminho que me conduzirá até vocês e eu poderei trazê-los de volta à nossa dimensão. Somente soltem a flecha no ar se for muito necessário ou se for para anunciar a volta de todos. Vocês ajudarão o Exu Tiriri! Ele foi levado para outra dimensão ao defender a médium de um demônio muito poderoso, parecido com o Governador, que vocês combateram outrora. Ele se oculta da Luz há muito tempo, mas cometeu um erro fatal: levou um conhecido de vocês que emitiu um grito de dor e pediu ajuda à nossa casa. Como todos os filhos da casa estavam com o pensamento elevado por conta da coroação de minha filhinha, a energia se expandiu até o exu e ele aproveitou para direcionar o pedido a nós. Somos todos filhos da Umbanda, filhos da Luz, e eu me orgulho por estar ao lado de vocês no resgate de um de nossos trabalhadores. Não deverão acabar com o demônio, ele será entregue a mim. A missão de vocês é resgatar o Exu Tiriri, mas, se a Luz permitir, vamos libertar todos os que sucumbiram perante o demônio, resgataremos todos os que forem possíveis e prenderemos esse ser. Usem as flechas com sabedoria. Se a Luz permitir, livraremos o astral de mais um demônio e de seus tormentos.

O caboclo me abraçou e, mais uma vez, me disse olhando nos olhos:

— Cuide de todos! Não deixe que a ira ou a vingança prejudiquem a missão.

Todos os seres de luz que ali estavam abraçaram cada um de nós e nos deram palavras de encorajamento e determinação. Enquanto meus amigos eram abraçados, Exu dos Caminhos veio até mim e falou:

— O Exu Tiriri o ajudou em algumas batalhas no passado, certo? Quando o terreiro estava sendo formado, ele nos disse que, quando chegasse a hora, encaminharia sua médium até nós. Tínhamos razão, é um conhecido nosso!

— Sim, meu amigo, mas me pergunto: com toda a força dele, como foi cair?

— Para defender seu médium, você também não cairia? Você mesmo já se deixou ser preso para resgatar um espírito de luz que caiu ao defender o médium. O fato dele ter caído não me preocupa, eu também cairia por minha médium.

— Sim, você tem razão!

Cada uma das entidades que estava ali tinha um porquê. Após nos abraçar, elas começaram a fazer suas firmezas e mirongas para a proteção da casa. Uma delas se aproximou de mim e, novamente, falou:

— Que o Pai, lá em cima, o proteja, exu. Eu o tenho como meu amigo, sabe disso! Meu laço está a seu dispor. Se permitissem, iria nesta missão com vocês!

— Boiadeiro, agradeço suas palavras. Sim, somos amigos e ter seu laço a meu dispor me faz sentir mais forte.

Nós nos abraçamos fortemente. Chico Ponteiro é um boiadeiro de Pai Oxalá, e sempre fala em paz e harmonia na família. Ele diz que o sangue que corre nas veias grita mais alto quando necessário. Ele sempre nos ajudou, mas seria injusto só falar dele, pois todos da Direita nos ajudam; basta saber que Chico Ponteiro nunca se fez de rogado para nos ajudar.

Vovó Maria Conga bateu novamente a bengala e anunciou:

— Meus filhos, chegou a hora de partirem! Eu, Manuel de Arruda e Saipuna vamos sustentar a passagem que será aberta e que assim permanecerá até que todos vocês voltem. Preparem-se para partir e tragam de volta o Exu Tiriri e todos os que a Luz permitir libertar. Tomem cuidado! Não acreditem em tudo o que virem, pode ser ilusão.

O Caboclo Flecha Certeira e a Cabocla Jaciara deram um brado e vimos entidades da Direita e da Esquerda dos filhos de santo responderem o chamado. Cada um deles tomou uma posição para a proteção da casa e dos pretos-velhos. Todos se uniam por um bem maior. Vovó Maria Conga, mais uma vez, bateu a bengala e um portal se abriu:

— Sete Adagas e Cigana, guiem todos pelos caminhos. Que São Cipriano os abençoe!

Todos os selecionados para resgatar o Exu Tiriri entraram no portal.

SETE CAVEIRAS

O DOMÍNIO DA ILUSÃO

Antes de adentrar o portal, olhei para todas as entidades que estavam no terreiro para garantir a segurança do local e de nossos médiuns. Olhei para meu velho, que estava concentrado em manter o portal aberto. Mentalmente, falei com o Exu Sete Catacumbas, um grande amigo, e dei ordens expressas para que, se nós não voltássemos, que eles obedecessem a Luz sem pestanejar. Por fim, olhei para o Caboclo Flecha Certeira, que cravou os olhos em mim e falou:

— Confio em você, Sete Caveiras! Siga os outros e traga o Exu Tiriri de volta!

Assenti com a cabeça e mergulhei no portal. Só faltava eu.

No domínio, esperávamos encontrar escuridão, trevas e batalhas, mas nos enganamos! Havia grama verde, um aroma agradável e até um sol brilhante.

— Deve ser o domínio errado. Aqui, parece mais uma morada espiritual — disse a Pombagira Cigana.

— Não, minha amiga — comentou Cruzeiro —, é aqui! Sinto a inquietação mais forte, e vem de depois daquela montanha. Também sente, Exu dos Caminhos?

— Sim, minha amiga. Parece que o grito de dor de Tiriri aumentou. Agora, eu o ouço com mais clareza.

— Então, vamos! O que estamos esperando? Sete Adagas, vá na frente e nos guie! — falei.

Exu Sete Adagas nem esperou que eu acabasse de falar e saiu à nossa frente. Para minha surpresa, a cada passo que ele dava, a grama morria. Por isso, gritei:

— Esperem! Não se mexam! Volte, Sete Adagas! Se eu estiver certo, à medida que você se afasta de nós, o terreno perde a vida. Veja a grama...

O Exu do Pântano, percebendo o mesmo, se agachou e disse:

— Não, meus amigos. A grama não morre, ela já está morta. O que estamos vendo não é real, fomos enganados!

— Não é possível, meu amigo. Sinto o calor do sol e o aroma da grama — disse a Pombagira Dama da Noite, inconformada.

Ficamos um tempo ali parados, tristes, lamentando aquelas vidas perdidas. Ficamos alguns minutos, tentando entender o que estava havendo, até que Cruzeiro se manifestou:

— Escutem: não adianta ficarmos aqui, tentando entender o que está havendo e se o que estamos sentindo é real ou não! Precisamos resgatar nosso amigo! Sugiro ficarmos juntos, nada de ninguém ir na frente ou ficar para trás. Se fomos iludidos dessa forma ao chegarmos aqui, imaginem o que enfrentaremos. Atenham-se a tudo o que pode aparecer à nossa frente, fiquem atentos e prontos para o combate. Sete Adagas e Cigana, caminhem à frente devagar, e não se afastem de nós. Guiem-nos!

Começamos a caminhar lentamente e continuamos a lamentar ver a grama se revelar morta atrás de nós. Fiquei apático, não queria mais lutar, muito menos continuar a missão; meus amigos ficaram tristes, cheguei a ver Dama da Noite chorar; o sorriso dos ciganos se apagou; o Exu do Pântano, que sempre foi carrancudo, se calou ainda mais, nem queria mais andar. Todos estávamos desistindo e começamos a caminhar cada vez mais lentamente. Eu e Cruzeiro ficamos uns passos atrás, até que ela me encarou e disse:

— O que há com você? Perdeu o senso de liderança?

— Não sei dizer. Esse perfume no ar mexe comigo, ele faz com que eu me lembre de Ana e do continente velho.

— Não há qualquer perfume no ar! Sete Caveiras, Ana está com seu filho, em segurança, na morada do Caboclo Goytacaz. Concentre-se no aqui e no agora; se não, você nos perderá, eu perderei você e nossa missão estará perdida! Nossos senhores da Luz confiaram em nós, não podemos frustrá-los.

As palavras de Cruzeiro foram como uma espada em minha cabeça. Não poderia perdê-la nem perder meus amigos. Pensar em decepcionar o Caboclo Flecha Certeira, a Cabocla Jaciara e os pretos-velhos fez com que meu instinto de luta voltasse com todo o seu esplendor. Minha capa e minhas vestes brilhavam o negro do Senhor da Morte. Todos pararam e viram a espada que ganhei do senhor Ogum Megê reluzir como nunca. Recobrei a consciência e entendi a ilusão.

— Meus amigos, o aroma no ar é venenoso! Ele nos faz lembrar das vidas passadas e das antigas batalhas, deixando-nos apáticos, sem instinto de luta. Seríamos presas fáceis se Cruzeiro não me chamasse à razão. Não se esqueçam do porquê estamos aqui. Deixamos nossos mestres da Luz em nosso terreiro, e eles nos esperam de volta. Nossos irmãos, pais, mães e amigos nos aguardam. Reajam!

A primeira a recobrar o instinto de luta foi a Pombagira Cigana. Depois, ela ajudou cada um a recobrar os sentidos. Ela olhou para Cruzeiro e disse:

— Minha amiga, a cruz de madeira dada por Pai Manuel ajudou você a não ser completamente dominada pelo veneno no ar.

Seu medo de perder Sete Caveiras nos salvou, estávamos caindo perante a tristeza, mas nosso inimigo não imaginou que seu maior medo era perdê-lo. Então, ele, com medo de perder você e todos nós, despertou. Agora é a sua vez, vença seu medo e volte para nós!

Cruzeiro soltou um grito que deve ter sido ouvido por todo o domínio e até mesmo nas moradas espirituais de nossa dimensão. Depois, ela pegou a cruz de madeira, se ajoelhou, agradeceu ao Alto a proteção, se levantou, sacou a espada e provocou quem nos atacou de forma tão traiçoeira:

— Você não sabe com quem mexeu! Sou a Pombagira do Cruzeiro! Somos a Esquerda da *Casa de Pai Flecha Certeira e Mãe Jaciara* e vamos libertar todos os que você escravizou com seu veneno! Vamos, meus amigos, já perdemos tempo demais. Sinto a dor de Tiriri aumentar, vamos libertá-lo e acabar com esse demônio que brincou com nossos sentimentos.

No terreiro, todos sentiram a ira da Pombagira do Cruzeiro e se entreolharam, até que o Boiadeiro Chico Ponteiro falou:

— O combate deve ter começado. Senti muita ira vinda da Pombagira do Cruzeiro, mas eles acabaram de entrar no portal. Será que precisam de ajuda? Estou pronto para ajudar, meus senhores!

— Fique aqui, boiadeiro; a missão é deles! Se precisarem de ajuda, soltarão as flechas e o fio de contas de Jaciara — disse o Caboclo Flecha Certeira.

— Sim, senhor! Que nosso Pai, lá em cima, os abençoe!

Nós, no domínio da ilusão, sentimos a preocupação de nossos amigos e dos senhores da Direita de nossa casa. Por isso, comentei:

— Sentiram que nossos amigos e os senhores da Luz estão preocupados conosco?

— Sim! — responderam todos em voz alta.

— Então, não vamos perder tempo. Já estamos aqui há horas. Sete Adagas, Cigana, Caminhos, é com vocês! Estaremos logo atrás.

SETE CAVEIRAS

A QUEDA DO EXU SETE ADAGAS

O Exu Sete Adagas é um exímio batedor. Há décadas, é ele quem guia pela espiritualidade a caravana do irmão, o Cigano Roni. O senso de direção, de luta e de percepção dos perigos à frente o tornam um batedor que todos os exus e todas as pombagiras desejam ter na falange. Todavia, não estávamos em um domínio qualquer, o demônio daquela dimensão sabia criar ilusões como ninguém. O veneno do ar não nos afetava mais, e isso fez com que o demônio cometesse outro erro.

Logo à frente, avistamos um acampamento. Exu Sete Adagas comentou:

— Parece ser uma caravana cigana, mas não sinto a presença de nossa magia ou de nossa energia lá. Será mais uma ilusão ou são realmente ciganos?

— Meu irmão, vamos nos aproximar com cautela. Falaremos nossos mantras secretos e esperaremos. Se não derem a resposta correta, pagarão caro por usar nossas vestes e imitar nossos costumes — replicou a Pombagira Cigana.

Continuei observando e segurando a espada, pronto para o combate. Então, nos aproximamos lentamente e fomos recebidos por um grupo na frente do acampamento.

— Sejam bem-vindos! Venham beber e dançar conosco. Pedimos apenas que deixem as armas, pois aqui não gostamos de lutar. Se não quiserem deixar as armas, voltem de onde vieram!

Dama da Noite soltou uma gargalhada e provocou o suposto cigano:

— Rá, rá, rá, rá! Beber e dançar? Deixar nossas armas? Para quem não gosta de lutar, seu convite é um tanto convidativo... se não fossem as armas escondidas embaixo das vestes. Querem dançar? Venham, estou pronta!

Dama da Noite pegou os punhais e se prontificou para o combate. Pombagira Cigana acenou para que ficássemos quietos e emitiu um mantra secreto de saudação cigana. Embora ela soubesse que eles não saberiam responder, preferiu não arriscar e seguiu à risca os instintos. O silêncio se fez. Então, ela olhou para mim e sorriu. Na mesma hora, saquei a espada e tomei a frente.

— Pensam que nos enganam? Viemos buscar um dos nossos. Saiam da frente ou sentirão o fio de minha espada!

— Seus idiotas, vocês não sabem onde estão! Se nos atacarem, os ciganos que prendemos serão exterminados! Onde pensam que pegamos as vestes e as barracas?

— Saiam da nossa frente, agora!

Irritei o líder deles, que avançou contra mim com a espada em punho. O combate começou, lutei contra o líder daquele acampamento, que sucumbiu em segundos. Todos que me desafiavam, quando tocados por minha espada, eram transportados para nossas prisões. Com certeza, Sete Mausoléus ia se divertir muito.

Nós sete lutamos contra aquela legião e, um a um, prendemos os demônios. Em seguida, com muito cuidado, fomos ver o que havia dentro das barracas. Como suspeitávamos, havia ciganos presos e começamos a libertá-los.

Nesta ocasião, vimos uma cena que nos afligiu. Sete Adagas estava libertando um grupo que permanecia amarrado, mas entre eles havia um inimigo disfarçado que fincou um punhal nas costas do exu. Mesmo ferido, ele sacou as adagas e derrotou o inimigo traiçoeiro. Cigana correu até o irmão, que caíra no chão, e gritou:

— Sete Caveiras, Dama da Noite, soltem a flecha do caboclo para ele vir nos buscar!

— Não faça isso, Dama da Noite! Ainda não salvamos Tiriri. Se soltarmos a flecha, talvez percamos uma oportunidade.

— Sete Caveiras, seu egoísta! Ele é meu irmão e precisa ir para as moradas espirituais para ser cuidado. Solte a flecha agora ou soltarei o fio de sementes!

Ela tinha razão, estava me sentindo um egoísta. Peguei a flecha e me preparei para soltá-la, mas fui interrompido pelo Exu do Pântano:

— Esperem! Água e terra, com certeza, devem existir nestes domínios. Vou usar a cruz de madeira que ganhei de Pai Manuel de Arruda.

Toda cruz é um símbolo sagrado. A haste vertical indica a força do universo e a base da sustentação divina; a haste horizontal representa os mundos criados que se ancoram na força da sustentação divina. Ela também simula o homem (vertical) e a mulher (horizontal) unidos para louvar o Sagrado. Uma cruz de madeira dada por um preto-velho a um exu representa tudo isso mais a abertura de passagens, pois se forma um cruzeiro. É uma chave de acesso a mundos, reinos e energias necessárias. O Exu do Pântano sabia disso e a usou com muita sabedoria.

Ele se aproximou de Sete Adagas e colocou a cruz no chão do lado dele. Então, vimos a cruz sumir, dando lugar a um pântano que os rodeou. Logo, Exu do Pântano e Sete Adagas submergiram, nos deixando preocupados. Cigana ficou muito apreensiva... eu também. Se perdêssemos Sete Adagas, ela jamais me perdoaria.

Toda vez que o Exu do Pântano se manifesta, ele fica no chão, dando a entender para os leigos que ele não tem luz ou, ainda, que é um exu atrasado. Rá, rá, rá, rá! Ele se manifesta assim porque traz em si o pântano, que é onde ele recolhe as energias enfermiças. Em todos esses anos trabalhando ao lado dele, já o vi curar espíritos com doenças gravíssimas. Agora, torcia para que ele não falhasse, principalmente por ser com Sete Adagas, o irmão da Cigana.

Os ciganos libertos por Sete Adagas se uniram em oração e se aproximaram do pântano formado pela cruz do Exu do Pântano. Passaram-se minutos que mais pareciam horas. Então, finalmente, vi o Exu do Pântano emergir do pântano, caminhando até a beira com Sete Adagas nos braços. Todos os meus ossos tremeram, pensei que o havíamos perdido. Porém, Cigana gritou de alegria.

— Quer me assustar, Sete Adagas? Como foi apunhalado pelas costas?

— Cigana, ao ver nossos irmãos feridos e amarrados, baixei a guarda. Pode me colocar no chão, meu amigo. Graças a você, já estou bem — disse Sete Adagas para o Exu do Pântano.

— A mim não, meu amigo! Graças a Mãe Nanã, que nos enviou suas águas pantaneiras!

O Exu do Pântano se ajoelhou para agradecer à Mãe Nanã. Todos fizemos o mesmo. Então, percebi algo diferente em meu amigo e perguntei:

— Pântano, o que está havendo com você?

— Embora as águas de Mãe Nanã tenham nos abençoado, eu ainda tinha muito veneno no espírito, e ajudar Sete Adagas me exauriu demais.

Meu amigo estava ocultando mais do que revelando. Respeitei o silêncio dele e não perguntei mais nada. Agora, precisávamos decidir o que fazer com o grupo cigano que estava ali. A líder deles, Madalena, agradeceu muito Sete Adagas e nos disse que eles queriam ajudar também. No entanto, estavam muito feridos.

— Escutem: vocês caminharão conosco, mas, caso surja algum perigo, Cigana soltará os fios de sementes para que nossa chefe, a Cabocla Jaciara, venha buscá-los. Agora, vamos! Não quero ficar mais tempo que o necessário neste inferno da ilusão.

Todos concordaram comigo. Meu instinto de luta me deixara mais agressivo. Minha amiga, a Pombagira Cigana, e Sete Adagas precisaram acalmar os ciganos resgatados, pois eles começaram a me temer.

SETE CAVEIRAS

MEU NOME É DAMA DA NOITE

Caminhamos por horas com os ciganos resgatados, enfrentamos diversas emboscadas e vencemos todas. O demônio estava cada vez mais nervoso e perigoso. Na luta contra o Governador, vimos como um demônio pode ser ardiloso, mas esse estava se saindo ainda melhor. Ele parecia entender nossas fraquezas e ansiedades; e parecia nos testar a cada combate, ainda que tivesse cometido alguns erros e ter sofrido pequenas derrotas. O teste que fez com Dama da Noite a enfureceu ainda mais, ele não a conhecia.

Conheci Dama da Noite na primeira missão que o Caboclo Flecha Certeira me passara. Ela tinha sido presa por um demônio que obsediava uma família, pois gostava de trabalhar em casos de desarmonia familiar e desarmonia sexual. Ela não admite desrespeito nem com mulheres nem com homens, e trabalha para que sempre haja harmonia. Trabalha como ninguém!

Dama da Noite é uma pombagira jovem, linda e tem meu respeito. Por diversas vezes, eu a vi trabalhando em nossa casa, ajudando casais a entrar em harmonia e jovens com dificuldades em todos os sentidos.

Embora seja uma pombagira que preza pela harmonia, quando encontra espíritos obsessores e vingativos, transforma-se em uma guerreira sem igual, principalmente quando tentam desarmonizar e profanar a energia sexual, que é muito poderosa. Quando há vício sexual, alguns seres se alimentam dessa energia, e Dama da Noite os abomina, pois eles não respeitam ninguém. O demônio não sabia disso, ele enxergava apenas o lado provocante dela, e isso a enfureceu.

Após pequenas batalhas, encontramos, ao pé de uma montanha, um vilarejo — ou seria mais uma ilusão? Não sabíamos distinguir. Exu dos Caminhos começou a sentir a dor de Tiriri mais intensa e nos falou:

— Sete Caveiras, sinto a dor de Tiriri, mas ele não está aí. Com certeza, é mais uma armadilha!

— Se for, estamos prontos para o combate! Sete Adagas, a partir daqui, eu abro caminho. Peça a seus irmãos ciganos que tomem cuidado. Cruzeiro, fique ao meu lado; se for outra armadilha, vamos mostrar quem somos!

Entramos no vilarejo. Estava vazio! Ou era o que parecia, pois logo vimos espíritos femininos e masculinos se insinuando para nós; estavam desarmados, diziam que precisávamos descansar e que eles que cuidariam de nós. Davam graças aos céus por nossa presença, pois alguém finalmente combateria o demônio que os assombrava. Perguntei, de modo áspero e intimidador:

— Por que não o enfrentam? Por que não vão embora daqui?

Ninguém respondeu. Dama da Noite, inquieta, comentou em tom baixo:

— Tem muita energia sexual aqui! Sinto que eles sugam a energia dos encarnados.

— Sinto dor, desespero e medo — completou Exu do Pântano.

Vários seres iam surgindo e a volúpia aumentava. Um dos seres falou, se dirigindo a Dama da Noite:

— Você, jovem de preto, está querendo lutar contra o seu verdadeiro eu. Largue seus amigos e venha se divertir conosco. Depois, poderá trazê-los também.

Ele não conhecia Dama da Noite. O infeliz a provocou e teve o que mereceu:

— Vocês são todos vampiros sexuais, não é? Eu devia ter percebido, mas esse domínio engana nossos sentidos. A dor e o medo que o Exu do Pântano sentiu são de espíritos que se viciaram em sexo e foram aprisionados aqui. Vampiro sexual, como ousa me igualar a você? Eu busco a harmonia e o equilíbrio, vocês buscam o desequilíbrio e sugam as energias dos que aprisionam. Você me quer? Meus punhais o encontrarão! Não me chame de "jovem de preto", meu nome é Dama da Noite!

Ela não me ouviu gritar para recuar; avançou contra os vampiros sexuais, dando início a mais um combate. Desta vez, porém, não foi tão fácil derrotá-los. Cruzeiro e Cigana tomaram as dores de Dama da Noite e se juntaram a ela na luta. Eu, Sete Adagas e Caminhos combatemos no entorno delas e Exu do Pântano ficou na retaguarda, impedindo que fôssemos surpreendidos de modo traiçoeiro.

Dama da Noite parecia uma leoa defendendo o filhote, nunca a vi combater com tanta ferocidade. A sensualidade e a graciosidade deram lugar a uma guerreira sem igual! Eu somente tinha visto Cruzeiro combater com tanta ferocidade.

Ela lutava contra os vampiros femininos e masculinos da mesma forma. A agressividade era a mesma. Como o ataque havia se dado por instinto, elas estavam sendo cercadas por diversos vampiros, e todos caíam diante da fúria de Dama da Noite. Contudo, eles eram muitos e começaram a cercá-las ainda mais. Comecei a ficar preocupado, precisávamos alcançá-las e nos juntar ao embate, mas éramos impedidos por outros vampiros.

— Despertam em nós os sentimentos sórdidos deles, defendem o demônio e ainda atrasam a nossa missão. Para mim, chega! — gritou o Exu dos Caminhos.

Então, ele bateu os pés no chão e nós vimos uma vala se abrir e sugar parte dos vampiros, abrindo caminho para que alcançássemos Cigana, Cruzeiro e Dama da Noite. Em seguida, nos juntamos às três para um ataque feroz. Derrubamos todos sem clemência! Os vampiros foram transportados para nossas prisões e Dama da Noite suspirou aliviada. Perguntei como ela estava:

— Dama da Noite, nunca a vi lutar assim. Você está bem?

— Ela vai melhorar, deixe-a descansar, meu amigo — interveio a Pombagira Cigana.

— Sete Caveiras, precisamos descobrir quem está preso aqui e libertar. Você, Sete Adagas e Caminhos devem percorrer tudo com a máxima atenção. Exu do Pântano, busque os ciganos que ficaram para trás e reúna-os aqui. Deixem Dama da Noite comigo e com Cigana.

Pombagira do Cruzeiro foi imponente em suas ordens. Não ousamos questioná-la, as três são amigas e cuidam uma da outra.

Em nosso terreiro, Pai Manuel falou:

— Desde que entraram no portal, se passou apenas uma hora deste lado da criação de Zambi, mas já sentimos nossos meninos travarem várias lutas. Esta última, porém, foi a mais feroz até agora.

— O senhor deseja que um de nós vá até eles? — perguntou Flecha Certeira.

— Não, menino. Eles sabem como pedir ajuda. Todos vocês, vamos irradiar luz para eles!

SETE CAVEIRAS

CABOCLA JACIARA

Começamos a percorrer todo o local. Dama da Noite tinha razão: havia vários espíritos aprisionados e debilitados; alguns com o aspecto cadavérico. Para a revolta de todos nós, alguns espíritos eram bem jovens.

Em uma cela dentro de um esconderijo, havia vários espíritos que esperavam para serem sugados. Quando me notaram e viram minha aparência de caveira, ficaram desesperados, clamando aos céus por misericórdia. Irritado, gritei:

— Calem-se! Viemos para libertá-los! Sou o Exu Sete Caveiras, e não um demônio ou um vampiro sexual! No entanto, se quiserem misericórdia, primeiro, arrependam-se dos vícios!

Saquei a espada, abri a cela e mandei que todos saíssem. Fiquei ali pensativo, até que o Exu dos Caminhos e o Exu Sete Adagas se aproximaram de mim. Ficamos parados, tentando entender o julgamento que nos fora imposto pelos libertos: éramos os salvadores, ainda assim eles nos chamavam de demônio.

— Um dia inteiro de batalhas... — interrompi o silêncio — a noite neste inferno não deverá ser das melhores. Vamos nos juntar ao Exu do Pântano e às pombagiras. Não quero que nenhum de nós caia neste inferno!

Saímos do esconderijo e encontramos todos reunidos. Era uma pena não ter sobrado um vampiro para que eu interrogasse!

— O Exu do Pântano não está bem, Sete Caveiras — segredou Cigana.

— Pântano, o que há com você, meu amigo? Por que está tão encurvado?

— Eu absorvi toda a dor de Sete Adagas, mas não consigo expeli-la... é como se tivesse um parasita em meu espírito que está me consumindo!

— Seu idiota! Você não pode cair por ter me salvado! Por que não me deixou sucumbir?

— Acalme-se, Sete Adagas! Pântano, como isso é possível? Já o vi curar vários espíritos e nunca ficou assim.

— Deve ter sido o veneno no ar e na faca que atingiu Sete Adagas — explicou o Exu do Pântano.

Todos rodeamos Pântano. Até os ciganos que foram libertos e os espíritos que salvamos dos vampiros se uniram à nossa volta. Olhei para meus amigos e disse:

— Precisamos chamar um de nossos senhores. Ninguém vai cair aqui! Vamos nos preparar melhor e, depois, voltaremos para libertar nosso amigo.

No terreiro, os pretos-velhos sentiram nossa hesitação e nossa fraqueza, mas, de repente, Dama da Noite gritou:

— Nada disso! Não é um bando de vampiros e demônios que vai derrubar a Esquerda da *Casa de Pai Flecha Certeira e Mãe Jaciara*! Cruzeiro, minha amiga, sinto o mesmo em você. Não desistiremos, certo?!

— Não, Dama da Noite! Exu do Pântano, pegue a cruz de madeira que ganhei de Pai Manuel e se cure, meu amigo.

O Exu do Pântano hesitou — como havia diversos espíritos debilitados, ele não achava justo se curar e deixá-los naquele estado —, mas foi convencido por Cruzeiro. Então, vimos um novo pântano se formar e meu amigo submergir; em seguida, ele voltou com todo o seu esplendor.

— Minha amiga, Pombagira do Cruzeiro, que a Senhora da Lama a abençoe!

Agora, tínhamos de caminhar com todos aqueles espíritos debilitados, isso poderia nos atrasar ainda mais ou, ainda, nos atrapalhar. Eu não sabia o que fazer e, em silêncio, pedi ajuda ao Caboclo Flecha Certeira; não soltei a flecha, mas clamei aos céus que ele me ouvisse. E ouviu! Ele olhou para a Cabocla Jaciara e acenou com a cabeça. Imediatamente, ela soltou um brado que chegou até a Pombagira Cigana, que começou a agir instintivamente. Ela ficou paralisada alguns segundos e, depois, gritou bem alto:

— Esperem! Não podemos deixar esses espíritos aqui, tampouco fazer com eles nos sigam.

— O que sugere, minha amiga? — perguntou a Pombagira do Cruzeiro.

— O fio de sementes...

Permanecemos calados. Essa decisão devia partir dela, sem nossa interferência. Ela se ajoelhou, pegou o fio se sementes que a Cabocla Jaciara havia lhe dado, estendeu o lenço e colocou o fio sobre ele. Em seguida, entoou alguns mantras secretos e nós vimos a luz surgir no domínio da ilusão.

A cabocla apareceu à nossa frente, dando um brado e emitindo muito luz sobre nós. Cheguei a pensar que era outra ilusão, só sosseguei quando a vi abraçar a Pombagira Cigana, que se ajoelhou e lhe pediu a bênção.

Ela olhou para todos nós, sorriu e disse:

— Mamãe Jurema os abençoe! Cigana, traga o fio de sementes.

Cigana entregou o fio de sementes a ela e nós vimos todo o poder da cabocla se expandir pela região. Ela retirou as sementes do fio e as jogou para o alto, criando uma explosão no ar. Depois, vimos luzes caindo, e elas curaram os espíritos e nos reenergizaram. A Pombagira Cigana se dirigiu a ela:

— Minha senhora, não podemos deixar esses espíritos aqui, tampouco exigir que nos acompanhem. Ainda precisamos ficar aqui, pois não achamos Tiriri.

— Eu sei, minha filha. Trago a bênção de todos de nossa casa para vocês e levarei eles comigo. Ainda tenho uma semente, que abrirá o caminho de volta, e haverá muitos irmãos prontos para ajudarem os libertos. Em nossa realidade, só se passou uma hora desde que partiram, mas sinto que já estão aqui há mais tempo.

— Sim, minha senhora. Estamos há, praticamente, um dia inteiro, pois agora começou a cair a noite aqui nesta realidade.

— Que as forças de Mamãe Jurema e de Tupã Maior os abençoem! Confiamos a vocês uma das tarefas mais árduas, tenho a certeza de que nenhum de vocês cairá perante o ser que ainda reside aqui.

Ouvimos com atenção a conversa da Cabocla Jaciara com a Pombagira Cigana. Nós sete caminhamos até ela e fomos abençoados. Cruzeiro se ajoelhou diante da cabocla e disse:

— Senhora cabocla, perdoe nossa hesitação. Estamos nos sentindo encorajados novamente. Sua presença nos fortaleceu!

Por anos, a Cabocla Jaciara tomou conta do interior do terreiro, enquanto o Caboclo Flecha Certeira saía a campo para nos ajudar e para combater os demônios que atacavam o terreiro e os médiuns da casa. Foi a primeira de muitas vezes que a vi em campo. Durante todo esse tempo, pude ver como ela é sábia e quão grande é seu poder com sementes e raízes. As sementes germinam e curam de acordo com a necessidade de cada consulente ou filho da casa; e as cascas limpam e regeneram a aura espiritual, além de outros mistérios que não estou autorizado a falar.

Eu, que estava calado até então, falei:

— Minha senhora, faço minhas as palavras de Cruzeiro. Fraquejamos em diversos momentos, mas sua presença aqui nos fortaleceu. Considere Tiriri salvo e o demônio entregue ao Caboclo Flecha Certeira!

— Tenho a certeza de que meu chefe não espera nada diferente de você, moço. Agora, afastem-se, que levarei todos os que vocês libertaram comigo.

Assim que nos afastamos, um vórtice se abriu a partir da semente na mão da cabocla. Um clarão se fez e todos os libertos foram levados por ela. Olhei para meus amigos e senti em cada um deles a vontade de vencer a batalha, vi o instinto de luta renascido. Então, Dama da Noite me olhou nos olhos e disse:

— Grandão, embora tenhamos vencido pequenas batalhas, estamos perdendo a guerra, porque não estávamos sendo nós mesmos! Fomos confundidos pelo veneno no ar, mas agora sinto que minha energia renasceu. Se havia vampiros sexuais aqui, com certeza o demônio deve ser poderoso. Ele ainda não saiu da toca, mas sei que agora ele deve estar bem nervoso, pois acabamos com a defesa dele. Ele brincou com nossos sentimentos pela última vez! Vamos, meus amigos, vamos atravessar a montanha, invadir o reino dele e acabar com o demônio! Vamos libertar Tiriri e quem mais estiver preso! Exu Sete Adagas, sempre o admirei por sua destreza e coragem, todas as falanges de exu e pombagira o querem. Exu do Pântano, você sempre foi carrancudo, mas sempre foi um bom amigo; nada de lamentações, quero você sério e muito bravo contra esse demônio. Exu dos Caminhos, sempre o vi como destemido; quando está de guarda, todos tremem diante de seu poder. Vamos fazer esse demônio sentir sua força, não importa o tamanho do exército dele! Pombagira Cigana, minha amiga, você encanta com sua sabedoria e nos faz sentir protegidos com seu lenço; chegou a hora de usar toda a sua magia. Pombagira do Cruzeiro, desconheço guerreira como você; ao lado de Sete Caveiras, forma a mais bela e temida dupla de guerreiros da Luz nas trevas. Vamos, meus amigos! Já deixamos Tiriri sofrer demais nas mãos desse demônio.

As palavras de Dama da Noite mexeram com nosso brio. O teste do demônio com ela não dera certo. Ele pretendia fragilizá-la, mas não contava com a vinda da Cabocla Jaciara. A presença da cabocla fez ressurgir os nossos sentidos de luta. As sementes dela brotaram em nós, fazendo-nos renascer das cinzas.

Pela primeira vez neste inferno, minha espada começou a cantar. Quando canta, deseja o combate. O demônio percebeu a mudança em nós e enviou mais demônios para nos atacar.

SETE CAVEIRAS

A MASMORRA

No terreiro, a Cabocla Jaciara foi recebida com um verdadeiro pronto-socorro espiritual montado. Alguns eram socorridos ali mesmo em nossa casa, outros eram volitados para as moradas espirituais. Após todos serem atendidos e encaminhados, e restarem apenas os guias que estavam antes de partirmos, a Cabocla Jaciara falou:

— Eles estavam prestes a desistir e tinham o orgulho ferido. Naquele domínio, já se passaram mais de doze horas, mas em nossa dimensão, apenas uma.

— Como estão meus irmãos, minha senhora? — perguntou o Cigano Roni.

— Cigano, sei que Sete Adagas foi ferido brutalmente e curado pelo Exu do Pântano com a cruz dada por Pai Manuel. Pântano, por sua vez, sucumbiu, mas Cruzeiro deu a ele a cruz que ela tinha para que ele se curasse. Eles não têm mais cruzes...

— Eles já descobriram onde está o Exu Tiriri? — perguntou Flecha Certeira.

— Meu chefe, eles estão sendo guiados pela dor que Tiriri está sentindo. Enquanto estive lá, também a senti, e ele me parecia bem perto. Devemos nos preparar para o embate final.

Todos se entreolharam e começaram a vibrar. O portal mantido por Pai Manuel, Vovó Maria Conga e Mãe Saipuna estava protegido por todos os presentes. Agora, era conosco!

Caminhamos pela montanha e não demorou muito para que acontecesse o primeiro combate. Minha espada cantava e nós lutamos como nunca! Nosso orgulho ferido deu lugar a uma gana pela vitória. Queríamos vencer, resgatar nosso amigo e fazer jus à nossa escolha de estar ali.

Contudo, o demônio era ardiloso. Ele criou mais ilusões que nos desviaram de nosso caminho, mas Sete Adagas, agora, estava inteiro, e o senso de direção dele estava mais aguçado. Assim, ele parou e falou:

— Meus amigos, estamos sendo desviados de nosso destino. Minhas adagas estão inquietas e não me deixam seguir pelo caminho à vista; apontam outra direção!

— Confio em você, meu amigo! Vamos para onde você determinar — respondi prontamente, pois estávamos renovados.

Imediatamente, a Pombagira Cigana falou:

— Se estamos sendo desviados, a madrinha lua responderá nosso clamor!

Ela se ajoelhou, estendeu o lenço, colocou o punhal no meio, rodeou de cristais e evocou a lua. A magia cigana é muito poderosa, não me canso de repetir, pois já vi minha amiga, com seus feitiços, desfazer demandas que muitos já haviam tentado e não tinham conseguido.

Vimos a lua responder ao clamor da cigana. Logo, toda a região foi iluminada pelo poder da lua; ainda que estivéssemos em outra dimensão, a magia cigana nos auxiliou mais uma vez, revelou os caminhos escondidos e os batedores de nosso inimigo que nos vigiavam. Eles foram derrotados prontamente por nós.

Mais uma vez, o demônio deve ter se irritado, pois fora vencido pela magia cigana. Agora, precisávamos continuar nossa jornada. Encontramos uma trilha que logo revelou um grupo de soldados das trevas que nos esperava. O líder deles hesitou ao me ver, pareceu me reconhecer de alguma batalha. Aproveitei a deixa:

— Sou Exu Sete Caveiras! Pertencemos à Esquerda da *Casa de Pai Flecha Certeira e Mãe Jaciara*. Não queremos lutar contra vocês, apenas seu líder nos interessa. Viemos libertar um amigo que caiu para proteger a médium. Vocês não nos conhecem; se conhecessem, já teriam fugido, pois, se nos enfrentarem, seu destino é certo: nossas prisões! O que decidem?

— Eu não o conheço exu, mas reconheço o manto do Senhor da Morte. É um soldado dele! Se não fosse minha lealdade a quem sirvo, certamente me retiraria. No entanto, vocês estão em menor número; como ousa exigir que fujamos de vocês?

— Não somos apenas sete, representamos toda uma falange de caboclos e caboclas, somos representantes dos pretos-velhos, das pretas-velhas e de muitos espíritos de luz que confiaram a nós esta missão! Somos representantes da Luz, e isso nos torna muito mais poderosos que vocês. Decidam: o que vai ser?

O líder deles temia, realmente, o manto do Senhor da Morte e a hesitação dele foi sua ruína. Enquanto conversávamos, Cigana fez sua magia e ocultou Sete Adagas e Caminhos. Os dois deram a volta por trás deles e os surpreenderam na retaguarda. Avancei com Cruzeiro e derrotamos mais um pequeno exército. Antes de encaminhar o líder para nossas prisões, nós o interrogamos.

— A quem você serve? Por que o teme? — perguntei ao líder, com a espada pronta para golpear.

— Vocês derrotaram muitos soldados e vampiros. O mestre tinha razão, merecem respeito. No entanto, não o trairei.

— Idiota! De qualquer maneira, respondendo ou não minhas perguntas, vou mandá-lo para minhas prisões! Saiba que, quando eu retornar, vou pessoalmente cuidar de você. Agora, responda minha pergunta! — gritei com o líder do grupo, que fez pouco caso de mim e começou a gargalhar, me irritando.

Então, a Pombagira Cigana se aproximou e perguntou a ele:

— Para você conhecer o manto do Senhor da Morte, antes de servir a esse demônio, já esteve do nosso lado, não foi?

— Não, pombagira, mas enfrentei um soldado da Luz com as mesmas vestes. Quando ele estava prestes a cair, o Senhor da Morte interveio, transformando todo o meu exército em pó, bem na minha frente. Sei bem do que ele é capaz!

— Então, agradeça! Se ainda está aqui para nos contar essa história, de alguma forma, deve ser importante para o Senhor da Morte! Os orixás têm mistérios inacessíveis a nós. Estou certa de que seu encontro conosco não foi casual, mas providencial. Aproveite o ensejo e nos ajude a acabar com os tormentos dos que foram aprisionados. Aproveite a oportunidade que lhe é dada mais uma vez! Não hesite, meu amigo, o Senhor da Morte pode não lhe dar outra chance.

O silêncio se fez. Cigana conseguiu mexer com o líder deles. Ele baixou a cabeça e começou a falar:

— Vocês enfrentarão um espírito com mais de novecentos anos. Ele conseguiu vir para esta dimensão, fugindo da Luz, por meio de pactos estabelecidos com demônios antigos. Ele gosta de plantar a dúvida religiosa nos encarnados desde os tempos antigos; e, através dos vampiros, faz os encarnados sucumbirem à energia sexual viciada. Por isso, os vampiros o protegem. Vários exus e pombagiras já caíram defendendo os médiuns, seu amigo é apenas mais um! Como ele conseguiu enviar um chamado a vocês é uma questão que nem nosso mestre sabe responder. Quando vi você, exu, tive a certeza de que meu fim chegara... pode me golpear! Vocês enfrentarão um demônio poderoso que está muito irritado com vocês, ele gosta de ser chamado de Sheik, e jamais soubemos o verdadeiro nome dele. Ele nos mantinha com a energia roubada dos encarnados e dos vampiros. Agora, me golpeie logo... chega de falar com vocês!

Levantei a espada para golpeá-lo, mas um clarão se fez à nossa frente. Então, vimos aquele ser sendo levado para outra dimensão. A Luz, com certeza, fora enviada pelo Senhor da Morte. Ficamos parados, olhando, até que a claridade foi sumindo aos poucos. Ajoelhei e agradeci ao Senhor da Morte, pois foi o manto dado por ele a mim que fez com que os demônios hesitassem e nós pudéssemos vencer a batalha.

Olhei para todos e disse em tom sarcástico:

— Sheik? Está na hora de acabarmos com o reinado dele!

— Ele é um covarde! Usa vampiros para se defender e os encarnados para fugir da Luz.

— Sim, Dama da Noite, daremos um fim nessa covardia. Vamos! Não podemos deixar o Sheik nos esperando. Rá, rá, rá, rá!

Finalmente, encontramos o castelo. Esperávamos encontrar um exército, mas ele estava apenas cercado por alguns soldados das trevas. O demônio ainda não tinha se revelado, mas tinha enviado vários grupos de sentinelas para nos deter, e todos foram derrotados por nós. Até o vilarejo de vampiros sexuais que guardava ardilosamente o caminho para o castelo caiu diante de nós. Ele estaria sem proteção ou seria mais um ardil para nos derrotar? Precisávamos de uma estratégia para entrar, localizar Tiriri e sair rapidamente de lá.

Ficamos escondidos, à espreita, esperando uma chance de invadir o castelo. Então, dei uma sugestão que foi repudiada por Cruzeiro.

— Posso avançar sozinho e fingir a derrota. Assim que localizar Tiriri, envio um chamado mental para vocês.

— Seu metido fanfarrão! Como pode ter a certeza de que vai ser levado para perto de Tiriri? Não faremos isso, vamos agir com cautela e vigiar mais um pouco.

Enquanto falava, Cruzeiro me fulminou com os olhos. Fiquei irritado com ela, mas não ousei questioná-la!

A Pombagira Cigana ativou novamente a magia. Ah, a magia cigana! Ainda bem que ela está com a gente; se estivesse no lado contrário, nem quero imaginar!

Com a magia ativa, foram revelados diversos caminhos que levavam a pequenas entradas do castelo. Só precisávamos entrar sorrateiramente. Exu Sete Adagas nos guiou por um caminho estreito, oculto pela vegetação morta que assombrava ainda mais aquele inferno.

Encontramos uma porta trancada que foi facilmente aberta. Pronto! Entramos no castelo. Havia vários corredores macabros e tantos gritos de dor que Cruzeiro e Caminhos tontearam.

— Esses gritos de dor buscam um caminho! Sou incapaz de mensurar o tamanho do sofrimento deles — falou Exu dos Caminhos.

— Sim, meu amigo, também sinto o desespero deles para encontrar uma passagem, um portal de volta para sua dimensão. Maldito demônio! Pagará caro por todo o sofrimento que causou — desabafou Cruzeiro, irada.

Era uma masmorra cheia de sofrimento, e minha espada voltou a cantar. Eu e ela queríamos o combate. Sorrateiramente, ocultado pela magia cigana de minha amiga, consegui adentrar os corredores. Havia muitas celas, vários espíritos caídos, exus e pombagiras acorrentados, mas não conseguia encontrar Tiriri. Tive uma ideia e voltei para falar com meus amigos, que estavam escondidos.

— Escutem, tenho uma ideia: ou a masmorra é muito grande ou estou sendo novamente iludido. Vi vários espíritos, exus e pombagiras caídos e acorrentados, mas nada de Tiriri. Vamos libertar cada um deles, se Pântano conseguir curar a metade, teremos um exército, pois eles são muitos!

— Não terei um pântano para me ajudar, mas farei o possível — disse o Exu do Pântano.

— E se chamarmos o caboclo? A luz dele vai acabar rapidamente com o sofrimento de todos. Soltarei minha flecha no ar. Tenho a certeza de que o demônio não será páreo para ele — sugeriu Dama da Noite.

— Ele não é páreo para o Caboclo Flecha Certeira, mesmo! No entanto, ainda não achamos Tiriri, e nossa missão é clara: localizá-lo. Foi assim quando a salvei, Dama da Noite, só chamei o caboclo quando você estava caída em meus braços. Lembra? — perguntei a ela, seriamente.

Todos ficaram calados, se entreolhando, até que a Pombagira Cigana falou:

— Concordo com Sete Caveiras. Primeiro, vamos localizar Tiriri. Porém, acho arriscado soltarmos todos que você viu, é claro que eles também merecem a liberdade, mas, ao livrá-los, perderemos o elemento-surpresa e seremos localizados com facilidade. Assim, talvez fique impossível localizar Tiriri nessa masmorra infernal! O demônio pode pegá-lo, ir para outra dimensão sem nos enfrentar e arruinar nossa missão original.

Como sempre, Cigana tinha resposta para tudo. Por todos esses longos anos lutando ao lado dela, ela sempre nos manteve na razão. Só a vi perder o controle quando Sete Adagas caiu e, mesmo assim, ela não deixou o instinto falar mais alto. Ela me enfrentou e exigiu uma atitude minha.

Eu estava novamente perdido, sem saber o que fazer. Os gritos de dor e as lamentações irritavam nossos sentidos. Como exus e pombagiras, queríamos o combate, mas precisávamos ser e fazer algo que o demônio não esperaria.

— Esperem! Ouçam com atenção: minha irmã tem razão. Não podemos libertar todos, ou chamaremos muita atenção, mas podemos libertar alguns e fugir com eles. Sete Caveiras ficará escondido e, assim que forem atrás de nós, ele terá a chance de procurar Tiriri, libertá-lo e se unir a nós — falou o Exu Sete Adagas, com muita austeridade.

— Sim, é um ardil e tanto! Quando Sete Caveiras nos alcançar, soltaremos a flecha no ar! Então, quando o caboclo chegar aqui, chamaremos nossas falanges e destruiremos essa masmorra infernal — propôs o Exu dos Caminhos.

SETE CAVEIRAS

O PLANO

Ficamos refletindo sobre o plano de Sete Adagas: libertaremos os mais fortes ou os mais fracos? Essa decisão faria toda a diferença na estratégia do exu-cigano. O Exu Sete Adagas e a Pombagira Cigana começaram a traçar a estratégia de libertação e fuga. Eu e Cruzeiro fomos inspecionar novamente as celas que eu tinha visto; chegamos a conversar com alguns prisioneiros, que ficaram ansiosos para serem libertos. Quando voltamos para junto do grupo, Cigana foi logo falando:

— Acho melhor libertarmos os mais fortes; assim, conseguiremos correr e chegar mais longe, dando tempo para Sete Caveiras e Dama da Noite libertarem Tiriri e todos os que puderem.

— Eu?! Todos sabem que Cruzeiro é melhor guerreira que eu e que luta como ninguém ao lado Sete Caveiras — disse Dama da Noite, assustada.

Ela continuou esbravejando e brigando com os irmãos ciganos, até que Cruzeiro falou:

— Sim, Dama da Noite, sou melhor guerreira que você, por isso preciso fugir com nossos amigos. Caso sejamos alcançados, serei mais útil ao lado deles. Exu dos Caminhos, Exu Sete Adagas e eu daremos cobertura para que Cigana e Pântano também levem alguns feridos. Embora precisemos libertar os mais fortes, não podemos deixar os feridos para trás!

— Mas, Cruzeiro...

— Quieta, Dama da Noite! Cuide de Sete Caveiras por mim; se algo acontecer a ele, não a perdoarei. Isso também vale para você, Sete Caveiras; se algo acontecer a Dama da Noite, não o perdoarei!

Permanecemos calados. Cruzeiro tinha razão, ela seria mais necessária na fuga que andando sorrateiramente na masmorra em busca de Tiriri. Traçamos todo o plano, pois todos estavam ansiosos pelo término da batalha naquele inferno. Exu Sete Adagas começou estabelecendo a melhor rota para a fuga. Cruzeiro e Caminhos voltaram às celas nas quais já tínhamos conversado com os prisioneiros; entre eles havia um Exu Marabô e uma Pombagira Maria Padilha. Também havia outros, mas esses dois se uniram a nós na batalha e nos ajudaram a libertar os demais.

Eu e Dama da Noite nos escondemos e ficamos à espreita. Um pequeno agrupamento que foi sondar as celas da masmorra entrou em combate com Cruzeiro e Caminhos. Eu queria me unir à luta, mas precisava permanecer oculto. Por mais que Marabô e Padilha quisessem entrar no embate, não podiam, pois os espíritos estavam exaustos. Eu estava prestes a me revelar e a auxiliá-los, mas Sete Adagas chegou com Cigana e os dois ajudaram a dar um fim à peleja.

Fiquei aliviado, mas a luta acabou alertando o castelo. Assim, não conseguimos libertar todos os exus e as pombagiras que queríamos, mas soltamos vários que até hoje são amigos extremamente fiéis.

O plano corria como o Exu Sete Adagas e a Pombagira Cigana planejaram. Ao soar o alarme, eles fugiram e ouvimos de longe um dos guardas do Sheik dizer:

— Eles libertaram vários prisioneiros e agora estão em fuga. Avisem o mestre!

Meus ossos tremeram só de pensar na possibilidade de Cruzeiro e nossos amigos serem presos. Fiquei paralisado, até que Dama da Noite me chamou:

— Grandão, chegou nossa hora! Vamos procurar Tiriri, e não se atreva a se ferir... não quero a Pombagira do Cruzeiro me cobrando pela eternidade.

— Rá, rá, rá, rá! Digo o mesmo para você. Vamos, minha espada já está cantando.

Quanto mais adentrávamos a masmorra, mais prisioneiros encontrávamos. Isso nos deixava completamente irados. Derrotamos pequenos agrupamentos de guardas; eles não eram páreo para minha ira e meu desejo de me unir ao combate junto com Cruzeiro.

A energia estava cada vez mais densa. Conforme passávamos pelos corredores, sentíamos o poder do demônio crescer. Estava com a espada em punho, pronto para combater o Sheik; clamava para que ele aparecesse à nossa frente e para que eu pudesse colocar um fim àquele tormento.

Por cada cela que passávamos nos vários corredores à frente, podíamos sentir o desespero dos prisioneiros. Meu instinto de luta aguçou ao extremo e minha espada reluzia. Dama da Noite estava com os punhais nas mãos e os olhos dela cuspiam fogo. Quem nos atacasse, certamente iria se arrepender.

SETE CAVEIRAS

EXU TIRIRI

Assim que eu e Dama da Noite sentimos a presença de Tiriri, nos entreolhamos e começamos a caminhar mais rapidamente. Logo, avistamos uma cela vigiada por vários guardas. Tinha de ser aquela! Segurei Dama da Noite e disse:

— Vamos usar o ardil de Sete Adagas: recuar um pouco e libertar os presos atrás de nós. Se tivermos sorte, alguns guardas irão atrás deles.

Voltamos, abrimos as celas e explicamos aos prisioneiros quem éramos e porque estávamos ali. Todos aceitaram nos ajudar a combater o Sheik. O plano dos irmãos ciganos estava funcionando; agora, com certeza, o demônio cairia.

Reunidos nos corredores escuros e densos, os libertos começaram a fazer um furdunço para atrair os guardas. O plano deu certo, e metade das sentinelas foi ver o que estava acontecendo. Eu e Dama da Noite, com o instinto de luta aguçado, nos revelamos para o restante dos guardas:

— Sou o Exu Sete Caveiras e esta é Dama da Noite. Saiam da nossa frente ou sentirão a nossa ira!

Um a um, os capangas caíram diante de minha espada e dos punhais de Dama da Noite. Ao abrirmos a cela protegida, encontramos nosso amigo:

— Tiriri?! Sou eu, Sete Caveiras!

— Sete Caveiras! Dama da Noite! Por acaso, esta é mais uma ilusão demoníaca?

— Não, meu amigo. Viemos a mando dos pretos-velhos e dos caboclos de nossa casa — respondeu Dama da Noite.

— Venha, vamos sair deste inferno. Cruzeiro e os outros podem estar precisando de nós.

— Onde ela está, Sete Caveiras?

Explicamos tudo para nosso amigo que, mesmo ferido, fraco e exaurido, se pôs de pé ao nosso lado. Enviei um alerta mental para Cruzeiro, pois nossa ligação é muito forte. Ao recebê-la, ela sorriu e disse a todos:

— Sete Caveiras e Dama da Noite localizaram e libertaram Tiriri! Vamos continuar nossa fuga; já me liguei a ele para que saiba onde nos achar.

Em nosso terreiro, Pai Manuel falou:

— Flecha Certeira, prepare-se! Nossos meninos localizaram o exu e, em breve, irão chamá-lo.

O caboclo olhou para todos, se ajoelhou e soltou seu brado. No instante seguinte, toda a minha falange chegou no terreiro — Exu Sete Mausoléus, Sete Catacumbas e todos os exus e as pombagiras de nossa casa se uniram, esperando nosso chamado.

Em seguida, o caboclo avisou:

— Assim que soltarem a flecha, vamos ajudar Sete Caveiras e todos que estão lá! Preparem-se!

— Senhor caboclo, se permitir, quero ir junto — pediu o Boiadeiro Chico Ponteiro.

— Eu também, senhor, se assim for permitido! — disse o Cigano Roni.

O caboclo concordou com ambos.

Ainda na masmorra, Exu Tiriri nos alertou:

— Meu amigo, esse demônio é muito poderoso! Ele é astuto e gosta de confundir os encarnados em sua fé; quando estão duvidando e baixam a guarda, ele os atrai para a ilusão. Foi assim que caí! Minha médium estava passando por dificuldades; quando fui defendê-la, acabei preso e demorei a entender o que havia acontecido. Porém, assim que senti a fé de minha médium reacender, emiti o chamado para onde ela estava... não imaginava que era a casa protegida por vocês.

— Nós sabemos, meu amigo. Aprisionamos um espírito que foi levado pela luz do Senhor da Morte; antes de ir, porém, ele nos contou sobre o Sheik. A protegida de Cigana foi coroada e a luz de nossa casa se expandiu, permitindo que você sentisse a energia. A Luz tem seus mistérios, meu amigo, e estou aprendendo a não os questionar.

— Entendo. Então, chegou a hora de você e sua falange acabarem com o Sheik. Estou fraco demais para ajudar!

— Vocês dois, deixem a conversa para depois! Quanto mais tempo ficarmos aqui, maior o risco de sermos presos — disse Dama da Noite.

Enquanto ajudávamos Exu Tiriri a caminhar, arrombávamos a porta de cada cela pela qual passávamos e libertávamos quem estava preso. Seguimos o caminho indicado por Sete Adagas e, assim que saímos do castelo, minha ligação com Pombagira do Cruzeiro se intensificou. Não podíamos correr até eles, pois os feridos que soltamos mal conseguiam caminhar. Então, avisei Cruzeiro do novo problema e ela comunicou a todos:

— Temos um problema: os feridos libertos por Sete Caveiras e Dama da Noite estão os atrasando... e agora?

— Não podemos ficar parados e não podemos voltar nem avançar. Parece que nada dá certo neste inferno! — reclamou o Exu dos Caminhos.

— Acalme-se, meu amigo! Sete Adagas, guie-nos em círculo, sempre voltando para este ponto. Cruzeiro, avise Sete Caveiras de nossa estratégia, só precisamos saber quanto tempo ele demorará para chegar aqui para que Sete Adagas possa promover nosso reencontro. Pântano e Caminhos, ajudem os mais necessitados; Marabô e Padilha, ajudem os outros!

Minha amiga, a Pombagira Cigana, e o irmão dela, o Exu Sete Adagas, se revelaram grandes estrategistas. Fugir em círculos, dando tempo para que nós os alcançássemos. Eu jamais teria pensado em algo assim!

SETE CAVEIRAS

A UNIÃO DA DIREITA

Enquanto Exu Sete Adagas guiava meus amigos em círculos, dando tempo para que eu, Dama da Noite, Tiriri e todos os libertos os alcançássemos, no terreiro o Caboclo Flecha Certeira estava extremamente feliz com algo que aconteceu.

Todos da Direita queriam ajudar, bem como toda a Esquerda da casa, mas algo surpreendente ocorreu.

— Senhor Caboclo?!

— Aconteceu alguma coisa, Sete Catacumbas?

— Meu senhor, Exu Vira-Mundo pediu que eu entrasse e avisasse que vários caboclos pedem licença para adentrar.

— Não devem ser de nossa casa nem da *Tenda Santa Rita*, pois todos sabem que estamos em missão. De qualquer forma, vou recebê-los. Vamos lá fora; aqui dentro, o portal tem de ser mantido protegido. Ninguém sai da defesa! Jaciara, tome a frente!

Na porteira, o exu antigo, senhor Vira-Mundo, falou:

— Homem da flecha, não há perigo. No entanto, estão aqui por conta do portal aberto.

O Caboclo Flecha Certeira olhou para todos na porteira. Atrás dos caboclos, havia falanges inteiras de exus e pombagiras, todas em paz.

— Que Tupã Maior e Pai Oxóssi aumentem suas luzes! Eu me chamo Flecha Certeira. Como posso ajudar?

— Que Tupã nos abençoe! Exu Marabô e Maria Padilha pertencem à nossa Esquerda e caíram defendendo os médiuns de nossa casa. Há poucos minutos, recebemos um pedido de ajuda deles, disseram que estão com a Esquerda da *Casa de Pai Flecha Certeira e Mãe Jaciara*, lutando em um domínio de ilusão, e pediram para procurá-los. Cá estamos! Meu nome é Caboclo Pena Branca, estou honrado por conhecê-lo!

— A honra é minha, mano meu! Vou colocá-lo a par de toda a situação. Tupã é muito bom mesmo... sempre nos envia novos amigos nos momentos delicados.

— Sim, mano meu, e trago uma informação que Padilha nos enviou e que será de grande valia para todos. Vamos conversar em particular.

No domínio da ilusão, a Pombagira Maria Padilha disse a todos:

— O senhor Caboclo Pena Branca já chegou ao terreiro de vocês com toda a nossa falange. Recebi a mensagem dele há alguns instantes.

— Como assim, Padilha? — perguntou a Pombagira Cigana.

— Assim que vocês nos libertaram e nós saímos do castelo, usei uma pena que ele me deu tempos atrás e mandei uma mensagem: pedi que ele procurasse a casa de vocês. Não os avisei antes por receio, peço que me perdoem. Agora, todos vocês têm minha lealdade!

— Não precisa se desculpar. Acredito que agiríamos da mesma forma. Vamos, não podemos ficar parados! Cruzeiro, avise Sete Caveiras que nossa sorte começou a mudar. Os amigos da Luz se uniram em nosso terreiro!

Cruzeiro me deu o recado e, em seguida, eu comecei a gargalhar como nunca naquele domínio, provocando o demônio:

— Rá, rá, rá, rá! Sheik, está me ouvindo? Venha lutar comigo!

Dama da Noite, Tiriri e os libertos ficaram sem entender nada, e ainda me olharam com certa indignação.

No terreiro, os caboclos conversavam em particular:

— Flecha Certeira, Padilha nos disse que o castelo, além de ser uma fortaleza, também é o portal de fuga do demônio. Por isso, ele não sai de lá para combater. Apenas envia os lacaios para lutarem sordidamente e permanece protegido e pronto para fugir. Se quisermos prendê-lo, teremos de agir rápido!

— Sete Caveiras sabe disso, Pena Branca?

— Não, meu irmão. Nem Marabô sabe... ela descobriu, sabe Tupã como! Na mensagem dela para mim, foi clara e rápida: "Senhor Pena Branca, ficamos presos em um domínio da ilusão. Agora, estamos em fuga! Amigos da Esquerda da *Casa de Pai Flecha Certeira e Mãe Jaciara* nos libertaram. Encontre a casa e nos encontrará. O demônio usa o castelo como meio de fuga, precisamos de algo para destruir o palácio antes que ele perceba nosso plano e fuja".

— Entendo. Venha comigo.

Eles se juntaram aos demais espíritos da Direita que estavam protegendo o portal aberto e o Caboclo Flecha Certeira conversou mentalmente com Pai Manuel de Arruda. Sem alarde, o preto-velho disse a todos:

— Concentrem-se todos! Preciso enviar uma mensagem para Sete Caveiras.

No domínio da ilusão, estávamos fugindo dos guardas do Sheik e indo ao encontro do Exu Sete Adagas. De repente, percebi que meu velho queria falar comigo. Mandei que todos corressem à minha frente, pois eu iria atrasar um pouco os guardas. Dama da Noite se irritou:

— Nada disso grandão, vamos todos juntos!

— Obedeça, Dama da Noite! Não daria essa ordem sem motivos — respondi, gritando com ela.

Eles seguiram em frente e eu me ajoelhei para ouvir a mensagem. Enfim, pude entender o porquê de o covarde do Sheik ainda não ter aparecido para o embate. Tínhamos de montar um ardil, atrai-lo para a peleja e chamar os caboclos. Como fazer isso? Como atrair o demônio para fora da toca?

Combati alguns soldados do Sheik que conseguiram me alcançar. Cruzeiro, sentindo meu instinto de luta, gritou:

— Sete Caveiras está lutando sozinho! Precisamos ir até ele!

— Não podemos volitar neste inferno! Sete Adagas, acelere! Se precisar, fico na retaguarda para combater quem nos alcançar — disse o Exu dos Caminhos.

Exu Sete Adagas se apressou. Junto dele estavam o Exu do Pântano, a Pombagira Cigana, a Pombagira do Cruzeiro e os libertos que conseguiram segui-lo. Exu Marabô e Pombagira Maria Padilha ficaram com o Exu dos Caminhos, protegendo os mais feridos.

Assim que consegui derrotar os soldados que me alcançaram, me ajoelhei novamente e ouvi o senhor Flecha Certeira. Ele tinha um plano, mas dependia da flecha que estava com Dama da

Noite. Saí correndo atrás de Tiriri e Dama da Noite. Quando me aproximei deles, Dama da Noite confessou:

— Não sei por que gritou comigo daquele jeito, mas espero que tenha valido a pena se arriscar assim!

— Confie em mim, Dama da Noite. Tudo será elucidado em breve. Quando eu mandar você soltar a flecha do caboclo, lance-a sem questionar. Entendeu?

Ela assentiu com a cabeça e entendeu que eu tinha uma informação que não podia revelar.

Duas casas e várias falanges lutando juntas, mais uma vez, para destruir um demônio. A Direita se uniu, a Esquerda também! Agora, dependia de nós.

SETE CAVEIRAS

NOSSO MÉDIUM

O senhor Flecha Certeira intuiu nosso médium para fazer algumas firmezas antes de virmos para este inferno, mas a luta se estendeu além do previsto. No terreiro, havia se passado apenas algumas horas; onde estávamos, passaram-se mais de vinte e quatro horas.

Agradeço ao Maioral e a toda a espiritualidade por nosso médium sempre ouvir as mensagens e as intuições enviadas por nós. Desta vez, não foi diferente. Mesmo tendo feito firmezas horas antes, ele ouviu a intuição do senhor Flecha Certeira e refez todas elas. Assim, as energias dos elementos firmados chegaram até nós e nosso instinto de luta foi renovado.

Aqui, faço um alerta para aqueles que dizem que firmezas são desnecessárias. As energias dos elementos são enviadas para nós da Esquerda e nós as utilizamos em benefício dos próprios médiuns e dos terreiros que tomamos conta. Eu, Exu Sete Caveiras, já ajudei muitos amigos da espiritualidade cujos médiuns não ouviam — ou não queriam ouvir — as próprias intuições ou, ainda, ouviam, sentiam a necessidade, mas não faziam. A Umbanda é uma religião espiritualista e magística por si só, mas é preciso que seus praticantes ouçam a espiritualidade.

Sempre que peço a meu médium, sou atendido prontamente! Ocorre o mesmo com a Direita de nossa casa, as entidades são atendidas prontamente!

No domínio da ilusão, mentalmente, Cruzeiro me enviou uma mensagem:

— Sete Caveiras, Sete Adagas avisou que nos encontraremos em poucos minutos, mas Exu dos Caminhos ficou para trás. Não sei o que fazer!

— Acalme-se! Assim que nos encontrarmos, vou até ele.

A Esquerda da *Casa de Pai Flecha Certeira e Mãe Jaciara* se uniria novamente. Avisei aos outros que em minutos encontraríamos nossos amigos e que eu teria de ir atrás do Exu dos Caminhos e de quem ficou com ele.

Então, sentimos o instinto de luta do Exu dos Caminhos aumentar, pois ele estava combatendo alguns soldados. Ainda bem que Marabô e Maria Padilha também eram bem treinados; se não, Caminhos cairia. Eles se defenderam muito bem, e alguns libertos tiveram tempo suficiente para alcançar Cruzeiro e os outros.

Quando reencontrei nossos amigos, Sete Adagas me olhou e eu entendi que precisávamos ajudar Caminhos. Sem conversar com ninguém, ordenei:

— Cruzeiro, Dama da Noite, Cigana e Pântano, fiquem aqui com os outros. Sete Adagas, vamos!

Voltamos pela trilha atrás do Exu dos Caminhos, e logo vimos nossos amigos cercados, protegendo um grupo de libertos muito debilitados. A ira tomou conta de mim! Escureci todo o meu ser e tudo à minha volta; abri minha capa e o poder da calunga, que estava comigo, se expandiu para proteger nossos amigos. No escuro, os soldados do Sheik recuaram e nós pudemos resgatar nossos amigos. Minha espada cantava! Eu queria o combate, mas Caminhos advertiu:

— Sete Caveiras, eles não são nossa missão. Vamos embora!

— Sim, meu amigo, mas hoje o chefe deles vai cair!

— Rá, rá, rá, rá! Vocês não são páreo para nosso mestre! — gritou um dos soldados do Sheik. — Se ele os enfrentar, os derrubará de uma só vez!

— Por isso estamos fugindo, seus idiotas! — Provoquei o demônio com um ardil. — Assim que descobrirmos como sair deste inferno, traremos nossos mestres da Luz e veremos quem é páreo para quem.

Caminhos e Sete Adagas entenderam a estratégia.

— Vamos, Sete Caveiras! Precisamos dar tempo para que nossos mestres da Luz nos encontrem ou teremos de descobrir um jeito de fugir deste inferno — complementou Sete Adagas.

Marabô e Maria Padilha também captaram a arapuca, e a pombagira falou:

— Nossos mestres nunca nos encontraram, mas prefiro cair lutando a permanecer presa neste inferno! Pelo menos, sucumbirei com novos amigos que também guerreiam em nome da Luz.

— Verdade, minha amiga! Também prefiro cair lutando ao lado de nossos novos amigos a ser preso novamente pelo mestre covarde deles — concordou Marabô.

Nós seguimos rapidamente para junto de nossos outros amigos, esperando que o ardil tivesse dado certo. Assim, os lacaios do Sheik avisariam o chefe e ele sairia a campo, me dando a chance de agir com o senhor Caboclo Flecha Certeira.

Quando encontramos nosso grupo, Cruzeiro foi a primeira a me abraçar e beijar, estava muito feliz. Depois, abracei todos e me dirigi a Marabô e a Padilha:

— Agradeço aos dois por protegerem minha família. De hoje em diante, terão minha confiança e minha amizade.

— Digo o mesmo, meu amigo. Quando sairmos deste inferno, nos divertiremos um pouco. Rá, rá, rá, rá! — disse Marabô, gargalhando.

Todos nós concordamos e rimos juntos. Embora tenhamos libertado muitos feridos que, aparentemente, sofreram nas mãos do Sheik, somente Padilha e Marabô conquistaram nossa confiança.

Em seguida, conversei em particular com Cruzeiro, Cigana e Pântano, explicando o plano e o ardil que criamos para pegar o demônio.

Permanecemos aguardando o ataque final do Sheik. A Esquerda da *Casa de Pai Flecha Certeira e Mãe Jaciara* estava pronta para a batalha contra ele e seus lacaios. A Direita de nossa casa, junto com a *Tenda Santa Rita* e o Caboclo Pena Branca, esperava apenas o nosso chamado.

SETE CAVEIRAS

UM NOVO PLANO

Reunidos em um lugar não muito longe do castelo, esperávamos que o Sheik aparecesse para nos cobrar as derrotas que lhes causamos. A presença dele era imprescindível para que nosso ardil desse certo, uma vez que o castelo também era a rota de fuga dele. Chamei Cigana, Cruzeiro e Padilha para perto de mim e comentei:

— Já era para ele ter vindo. Nosso ardil não deu certo... e agora?

— Espere! Vejam: um grupo de soldados se aproxima — disse Dama da Noite, chamando nossa atenção.

Pelo grande número de sentinelas, nem parecia que tínhamos derrotado centenas de demônios. O líder do grupo, a uma distância segura, perguntou:

— Quem é o líder de vocês? Nosso mestre tem uma barganha para ele.

— Sou Exu Sete Caveiras. Não barganho com escravizados, mande ele vir aqui.

— Seu idiota! Nosso mestre sentiu a presença de um ser de luz em nosso domínio assim que vocês derrotaram os vampiros.

Para mim, foi ótimo; nunca gostei deles! Se havia um ser de luz, certamente podem vir outros.

Saber que o verme tinha sentido a presença da Cabocla Jaciara me fez perder o foco da luta e da discussão. Cruzeiro, sentindo minha insegurança, falou:

— Rá, rá, rá, rá! É isso mesmo, um de nossos senhores veio resgatar o grupo de ciganos e de espíritos que libertamos. Agora, temos uma proposta: vocês já perceberam que lutaremos até o fim e que causaremos mais derrotas que o necessário para vocês. Deixe-nos ir e não haverá mais lutas.

— Pombagira insolente, cale-se! Nosso mestre quer apenas o amigo e o líder de vocês... Exu Sete Caveiras, certo? Você e seu amigo, me acompanhem. Os outros serão libertos.

Cruzeiro ia atacá-los, mas não deixei, pedi que ficasse quieta, abracei-a e cochichei no ouvido dela:

— Desta vez, confie em mim, tenho um plano. Se sou um líder, Cigana e você também são, mas eles não sabem disso. Não sabem que somos uma família!

Olhei para todos e pedi que permanecessem parados em seus lugares. Depois, mirei Tiriri e disse:

— Confia em mim, meu amigo?

— Sempre, meu chefe!

— Então, vamos...

Cruzeiro ficou irritadíssima, mas percebeu que eu tinha um plano. Por isso, antes de seguir com os soldados, olhei para Dama da Noite e falei:

— Dama da Noite, sentirei saudades de quando você, antes do início de nossas giras, jogava flechas para o ar. Sempre que o caboclo vinha na porteira nos saudar, você jogava as flechas e elas brilhavam. Todos vocês, honrem nossos senhores da Luz! Se eu cair, quero cair sabendo que estão livres!

Dama da Noite e Cigana entenderam minha mensagem. Encarei o líder deles e disse:

— Vão deixar o mestre de vocês esperando por nós? Vamos!

Eu e Tiriri fomos cercados pelos guardas e começamos a caminhar com eles. Meu amigo ainda sentia muita dor e eu precisei ajudá-lo. Fomos nos afastando e, quando atingimos uma distância segura, Cigana, como uma verdadeira líder, começou a delegar:

— Sete Adagas, use suas adagas. Temos de dar a volta e chegar o mais perto possível do castelo antes deles. Dama da Noite, assim que o Sheik aparecer, solte a flecha do caboclo. Todos os outros ficarão aqui, só nos acompanhará quem tiver real condição de lutar. Meus amigos, o chefe da Esquerda da *Casa de Pai Flecha Certeira e Mãe Jaciara*, ao lado de nosso amigo Exu Tiriri, está se sacrificando para nos libertar... se é que o demônio tem palavra. Não cairemos neste inferno! Vamos resgatar Sete Caveiras e Tiriri!

Enquanto éramos levados pelos guardas do Sheik, Cigana armava um plano de resgate e derrota do demônio. Eu e Tiriri fomos chicoteados e eles tentaram tirar minha espada, mas só conseguiram me irritar e fazer com que eu derrubasse uma dezena de demônios. Tiriri, mesmo fraco, derrubou vários deles, até que eu ordenei:

— Afastem-se de nós! Estamos indo com vocês, como seu mestre quer, mas não entregarei minha espada! Se insistirem, todos vocês cairão aqui mesmo!

Eles perceberam que minha ira e meu instinto de luta estavam aguçados ao máximo. Por isso, evitaram o combate e nós continuamos a caminhar.

No terreiro, Pai Manuel olhou para a Cabocla Jaciara que, no mesmo instante, soltou um brado ensurdecedor. Uma falange inteira de caboclas respondeu ao chamado e todas começaram a vibrar, até que alcançaram a Pombagira Cigana no domínio da ilusão. Então, a Cabocla Jaciara pôde falar mentalmente com ela:

— Cigana, minha filha, sabemos que Sete Caveiras foi preso! Como vocês estão?

Cigana parou e avisou a todos:

— Continuem sem mim... já os alcanço.

Ela tinha assumido o comando da falange. Por isso, todos obedeceram sem questionar as ordens da pombagira.

— Senhora Cabocla Jaciara, sua bênção? Ele se entregou e tem um ardil para atrair o Sheik para fora do castelo. O demônio sentiu a presença da senhora e exigiu que Sete Caveiras se entregasse.

— Entendi, minha filha. Nós podemos ir agora mesmo resgatar vocês!

— Não, minha senhora! Nossa missão é libertar Tiriri e prender o demônio. Não cumpriremos nossa missão pela metade. Dê-nos mais um tempo... temos um plano e vou repassá-lo para a senhora...

Em segundos, Cigana contou nosso plano à Cabocla Jaciara, que, ao mesmo tempo, informou a todos da Luz. Em seguida, ela transmitiu as ordens do senhor Flecha Certeira para a pombagira:

— Diga à Pombagira do Cruzeiro que peça a Sete Caveiras para entregar a flecha de meu chefe ao Sheik ou, se ele mandar, que ele pode até quebrá-la, pois, agora, a flecha de Dama da Noite é a chave do plano. Se não formos chamados em breve, resgataremos vocês com ou sem o demônio! Pai Manuel não quer arriscar se comunicar com Sete Caveiras. Confio em você, minha filha. Não nos decepcione!

— Sim, senhora cabocla!

Em seguida, Pai Manuel saiu da posição em que estava resguardando o portal — junto com Vovó Maria Conga e Mãe Saipuna — e outro preto-velho assumiu o lugar dele, a fim de manter a passagem segura. Então, Pai Manuel falou:

— Tudo está saindo como previu, menino. O demônio é muito astuto! Temo pela segurança de Sete Caveiras, mas também confio no instinto dele. Vamos dar um tempo para que o plano deles dê certo. Vou até nosso médium pedir que ele reforce, novamente, todas as firmezas da casa.

— Sim, senhor! Assim que minha flecha for solta, derrotaremos o demônio — disse o Caboclo Flecha Certeira.

Minutos depois, nosso foi médium foi acordado e firmou todas as forças da casa. Dessa vez, ele teve medo por mim, pois sentiu que havia algo errado, e se pôs em oração.

No domínio da ilusão, a oração de nosso médium alcançou todos nós e as bênçãos dos orixás chegaram até nós de modo invisível, sem que os demônios percebessem. Então, aproveitei e soltei uma gargalhada, irritando os demônios.

— Sua loucura é sua derrota, exu! Mesmo estando preso e sendo chicoteado, você ri?

Exu Tiriri também começou a gargalhar, enfurecendo-os ainda mais.

— Cuidarei pessoalmente de seus tormentos, malditos exus! Invadiram nosso domínio; agora, espero que nosso mestre inflija muita dor a vocês!

Quando Cigana alcançou os demais, passou mentalmente o recado da Cabocla Jaciara para todos. Cruzeiro, no mesmo instante, se comunicou comigo:

— Sete Caveiras, nossos senhores da Luz queriam vir nos buscar, mas Cigana os impediu, pedindo mais tempo para derrotarmos o demônio. Se esse seu plano maluco não funcionar, não teremos tempo para outro! Entendeu?

— Entendi — respondi Cruzeiro, mentalmente.

Então, olhei para Tiriri e falei:

— Não sei você, meu amigo, mas eu não entrarei nesse maldito castelo! Se o demônio me quiser, terá de vir me buscar aqui fora. — Aumentei o tom de voz e continuei. — Se algum soldado desse verme maldito ousar me forçar a entrar, cairá perante minha espada. Se eu tiver de ser preso e vier a cair hoje, tombarei lutando!

— Estou com você, meu chefe!

Continuamos a caminhar. Quando nos aproximamos do castelo, perguntei mentalmente para Cruzeiro se estavam nos vendo e se estavam prontos. A resposta foi "sim". Meus amigos e os outros estavam prontos para o combate!

No terreiro, Pai Manuel reassumiu seu lugar para manter o portal. Todos da Direita e da Esquerda estavam agitados, pois queriam resolver logo. Nós também.

Dois dias naquele inferno e, em nossa dimensão, havia se passado apenas vinte e quatro horas. Para mim, tinha sido suficiente! Ou cairíamos de uma vez ou prenderíamos o demônio. Falei com Cruzeiro mentalmente e ela repassou a todos:

— Meus amigos, para Sete Caveira e para mim, basta de luta! Vamos prender o demônio de uma vez ou cairemos lutando. Preparem-se! Cigana, fique ao lado de Dama da Noite, ela não pode falhar. Teremos apenas alguns segundos para soltar a flecha e o senhor caboclo responder.

Todos redobraram a atenção.

SETE CAVEIRAS

O DEMÔNIO SE REVELA

Perto dos portais do castelo, olhei para meu amigo, o Exu Tiriri, e lhe disse:
— Está comigo?
— Sempre, meu chefe!
— Então, vamos acabar logo com isso!
Paramos de caminhar e levamos novas chicotadas. Saquei a espada e disse aos demônios:
— Não sucumbirei em suas celas! Se tiver de cair, que seja aqui... lutando! Venham!
Abri a capa e todo o poder do cemitério estava comigo. Escureci Tiriri e a mim, deixando os demônios aflitos. Fileira por fileira, derrubávamos os demônios. Mesmo exausto e ferido, Tiriri me ajudava a combater os soldados do Sheik, mas eram muitos! Cruzeiro me chamou mentalmente:
— Vamos ajudá-los. Cigana fez uma magia para nos ocultar. Aumente sua escuridão para que eles não nos vejam.
Expandi minha escuridão para que Cruzeiro, Caminhos, Pântano, Marabô e Padilha se juntassem a nós na batalha e para que o Sheik não nos enxergasse. Os soldados começaram

a gritar, pedindo ajuda ao mestre. Era isso o que queríamos! Dama da Noite e Cigana estavam mais afastadas e Sete Adagas protegia as duas. Nosso plano precisava dar certo — agora, era tudo ou nada.

De repente, Tiriri foi atingido brutalmente por um soldado, que o atacou covardemente pelas costas, e foi ao chão. Nesse momento, minha ira e meu instinto de luta tomaram conta de mim.

— Chega, covardes! Vocês cairão diante de seu mestre!

Ataquei feroz e impiedosamente. Foi um ataque muito parecido com o que fiz ao grupo de demônios que tentaram levar Ana da casa do Caboclo Goytacaz.

O ataque foi tão feroz que meu velho sentiu em nosso terreiro.

— Sete Caveiras está com o instinto de luta aguçado ao máximo. Flecha Certeira, se eles não o chamarem em instantes, iremos buscá-los.

— Sim, senhor! Preparem-se para invadirmos aquele domínio e resgatarmos nossos irmãos da Esquerda — disse o Caboclo Flecha Certeira.

No domínio da ilusão, os soldados caíam perante nossa determinação. Um exército inteiro não foi páreo para nós! Antes de derrubarmos as últimas dezenas de sentinelas, ouvi um grito vindo do portão do castelo:

— Chega, exu! Você e seu amigo estão condenados a viver em meu castelo. Entreguem-se e eu deixarei que seus amigos vão embora!

Olhei para o portão do castelo e vi o demônio cercado de soldados que o protegiam. O exército dele parecia não ter fim, mas o Sheik finalmente estava à vista, ele havia se revelado e eu o provoquei:

— Venha lutar comigo, Sheik! Ou deixará seus soldados pensarem que você está com medo de mim?

— Insolente! Não preciso de soldados para derrubá-lo. Você me causou muitos problemas. Há séculos, mantenho este domínio longe da Luz. Agora, até um ser de luz esteve aqui. Você me pagará caro e pela eternidade!

Cigana, atenta a tudo, esperou o momento certo para que o Sheik não fugisse. Ele sacou a espada e saiu completamente do castelo, era nossa deixa.

— Agora, Dama da Noite! — ordenou Cigana.

— Senhor Caboclo Flecha Certeira, eis a sua flecha!

Como um raio, ele apareceu, pegou a flecha no ar e atirou-a na direção do castelo. Quando a flecha atingiu a construção, uma redoma de luz surgiu e nós pudemos ouvir uma explosão dentro dele: o portal de fuga do demônio havia sido destruído. A flecha do caboclo fora certeira! Rá, rá, rá, rá!

SETE CAVEIRAS

A BATALHA

O Sheik deu um grito de desespero ensurdecedor! Em seguida, avistei Cigana, Sete Adagas e Dama da Noite correndo para se juntarem a nós. Quando eles se aproximaram, perguntei:

— Onde está o caboclo? Foi ele que destruiu o portal, não foi?

— Sim! Vieram todos... olhe para o morro! — disse Cigana.

Os demônios se afastaram de nós e fizeram uma barreira de proteção em volta do Sheik. Quando olhei para o morro, vi o senhor Caboclo Flecha Certeira, meu amigo Cigano Roni, o Boiadeiro Chico Ponteiro, Sete Mausoléus e toda a minha falange. Muitas entidades de luz tinham vindo.

Ao lado do Caboclo Flecha Certeira estava o caboclo que vi conversando com ele outro dia no terreiro. Vários caboclos que eu não conhecia também estavam junto com outras falanges de exus e pombagiras.

Maria Padilha, quieta até então, deu um grito de felicidade:

— Senhor Pena Branca! O senhor veio junto com nossa falange! Veja, Marabô, agora vamos acabar com esse demônio!

— Padilha, minha filha, estamos aqui, sim. O mano Flecha Certeira permitiu nossa incursão. Venha, quero lhe dar um abraço! Venha também, Marabô!

Os dois foram abraçar o senhor deles. Eu peguei Tiriri, que estava todo ferido, nos braços e o carreguei até o senhor Flecha Certeira. Ajoelhei-me perante o caboclo e todos também se ajoelharam. Então, eu disse:

— Senhor caboclo, Tiriri está ferido e precisa de ajuda. Ainda não terminamos a missão; prenderemos o demônio para o senhor.

Ele olhou para o caboclo ao lado dele e disse:

— Mano meu, seu pedido de ajuda para resgatar o Exu Tiriri está completo. Leve-o para as moradas espirituais e cure-o. Minha flecha os guiará de volta. Em breve, nos reencontraremos.

O caboclo veio até mim, pegou Tiriri de meus braços, agradeceu e volitou de volta para nossa dimensão e para a morada espiritual dele.

— Sete Caveiras, Dama da Noite, Pântano, Cigana, Caminhos, Sete Adagas e Cruzeiro — falou o senhor Flecha Certeira —, vocês já fizeram demais. Deixem-nos ajudá-los agora!

Nós sete, que fomos para aquele domínio primeiro, nos levantamos e eu falei:

— Senhor caboclo, o senhor nos deu uma missão. Sua presença aqui já nos ajuda demais, mas a missão é nossa!

Padilha, ao lado do Caboclo Pena Branca, comentou:

— A missão também era nossa. Permita-nos ajudá-los!

Assenti com a cabeça, olhei para o Cigano Roni, meu amigo, e disse a ele:

— Prepare o vinho, cigano! Vamos beber nossa vitória quando voltarmos. Rá, rá, rá, rá!

Nós sete, acompanhados por Padilha, Marabô e nossas falanges, fomos de encontro ao exército do Sheik. Os caboclos e todas as entidades da Direita ficaram observando um verdadeiro exército de exus e pombagiras. Eram as falanges de duas casas unidas para derrotar um demônio milenar. Não demorou muito para o Sheik se manifestar:

— Vocês, exus e pombagiras, escravos da Luz, vão embora de nosso domínio e levem com vocês os seus senhores da Luz... ou todos cairão!

O Caboclo Flecha Certeira deu um brado e volitou para a nossa frente. Desde que chegamos aqui, não conseguimos volitar, mas ele estava ali havia poucos minutos e já conseguia. Então, o caboclo se dirigiu ao demônio e falou:

— Não é preciso lutar. Venham conosco e serão encaminhados para locais onde poderão se arrepender de seus tormentos!

O Sheik respondeu com um choque energético que derrubou todos nós, inclusive o senhor Flecha Certeira. Quando o caboclo foi ao chão, surgiu uma cobra-coral imensa na frente dele, protegendo-o de um ataque traiçoeiro. Assim que ele se levantou, a cobra se recolheu. Então, eu me aproximei do caboclo e disse a ele:

— Meu senhor, agradeço sua intervenção, mas a luta é nossa! Permita que nós, exus e pombagiras, levemos luz para as trevas da ignorância desse ser. Esse demônio não quis reconhecer sua misericórdia!

— A batalha é sua, Exu Sete Caveiras!

Sequer esperamos que ele terminasse a frase e já avançamos contra o exército do Sheik. Enquanto eu, Cruzeiro, Caminhos, Pântano e todos os outros atacávamos em todas as frentes; Cigana e Sete Adagas usavam a magia cigana para combater os sortilégios do Sheik.

O Sheik fazia magias antigas e demoníacas com a intenção de nos atrasar. Assim que o Caboclo Flecha Certeira percebeu que ele estava tentando criar outro portal, soltou um brado, pegou uma flecha e a atirou para o alto. Quando a flecha caiu, toda a magia negativa foi bloqueada.

Aproveitamos o desespero dos demônios e avançamos com mais intensidade. A falange de Padilha também atacou com ferocidade. Até hoje, tenho aqueles guerreiros como grandes amigos que sempre nos ajudam quando necessário. Nós também ajudamos o terreiro deles sempre que precisam.

Fileira por fileira, derrubávamos os soldados e, aqueles que eram derrotados, eram transportados para nossas prisões. Dava-se o mesmo com os derrotados pelas falanges de Padilha e Marabô.

Pelo que pude constatar, o Sheik não era um guerreiro, mas os soldados lutavam pelo líder como nunca tinha visto. Assim que derrubamos sua última linha de ataque, paramos o embate e eu falei para o Sheik:

— Demônio, renda-se! Você não é páreo para nós!

No entanto, o demônio era astuto e tinha mais truques do que eu imaginava! Mais uma vez, ele tentou ativar as magias que foram bloqueadas pelo Caboclo Flecha Certeira e, desta vez, o choque foi suficiente para derrubar quase todos nós, poucos ficaram de pé. Porém, vi um chicote abençoado estalar à nossa frente, impedindo que os últimos soldados do Sheik nos golpeassem. O chicote sagrado do boiadeiro nos valeu e eu consegui me levantar, ficar na frente dos meus amigos e dar tempo para que eles se levantassem.

Em um último vestígio de ira, o Sheik mandou os guardas que sobraram nos atacarem, mas foi em vão! Nem olhei para eles, deixei que os outros dessem conta. Eu e Cruzeiro avançamos e ficamos frente a frente com o demônio, que tentou nos atingir mais uma vez. Porém, um punhal atirado de longe acertou o Sheik. Era de Padilha!

— Rá, rá, rá, rá! Obrigado, Padilha! Agora, Sheik, somos apenas nós dois.

Derrubei o demônio com facilidade. Depois, ergui a espada com toda a minha fúria, mas fui interrompido por Cruzeiro:

— Pare, Sete Caveiras! Sua vingança é irrelevante perante a sua e a nossa palavra. O demônio deve ser entregue ao senhor Flecha Certeira.

Assenti com a cabeça. Logo, todos fomos juntos entregar o demônio ao caboclo. Quando nos aproximamos das entidades de luz, nos ajoelhamos e falamos:

— Senhor caboclo, como prometido, entregamos o demônio ao senhor.

— Exu Sete Caveiras, Pombagira Cigana e todos os demais, mais uma vez, vocês cumpriram a missão dada pela Luz. Resgatem todos deste domínio, pois os levaremos para seus devidos lugares na criação de Tupã. A partir dos pântanos criados pelo Exu do Pântano, a vida aqui retomará seu curso. Mano Pena Branca, convido-o para ir comigo levar este demônio para o lugar de merecimento dele. Sete Caveiras, minha flecha os guiará de volta para nossa casa.

Os dois caboclos desapareceram à nossa frente, levando o Sheik embora. Quando o demônio se foi, toda a vegetação que víamos se revelou morta, exatamente como Pântano dissera. Os únicos lugares que tinham um verde vivo eram os pântanos, onde o Senhor da Morte e a Cabocla Jaciara haviam aparecido.

A batalha terminou. Vi o Cigano Roni abraçando a Pombagira Cigana e o Exu Sete Adagas, seus irmãos de sangue, e observei a família espiritual de Padilha e de Marabô se abraçando. Logo, Cruzeiro também me abraçou com força e disse que me amava muito. Então, a Cabocla Jaciara se aproximou de mim e disse:

— Não está feliz, moço?

Eu me ajoelhei diante dela e respondi:

— Estou sim, minha senhora, mas essa batalha mexeu comigo. Quase perdemos Sete Adagas e Exu do Pântano... se eu tivesse tombado nesta batalha, cairia sem ter reencontrado meu filho e Ana. Estou feliz por servir à senhora e a todos da Luz; pelos novos amigos que conquistei; e por ter libertado todos daqui. Agradeço à senhora, que reacendeu em nós o instinto de batalha quando estávamos quase desistindo. Estou feliz, minha senhora, mas preciso voltar para nossa casa e para nossa calunga.

— Moço, jamais deixaríamos vocês caírem. Todo o tempo, Pai Manuel esteve ligado ao seu mental e sentiu suas dores. Quando estive aqui, meu desejo era levá-los embora, pois vi o quanto tinham sofrido, mas Tupã Maior e a Mamãe Jurema não desamparam os seus. Minhas sementes os revitalizaram e notei em vocês o desejo de terminarem a missão dada. Estou muito orgulhosa! Venham, me abracem!

Ao meu redor estavam os sete enviados para este inferno. A Pombagira Cigana se levantou e foi abraçar a cabocla. Em seguida, todos fomos, mas foi Dama da Noite quem chorou todos os tormentos ao abraçá-la, e cada lágrima derramada era sentida por nós.

Maria Padilha, que também teve os sentimentos invadidos, chorou com Dama da Noite e sentiu no abraço da cabocla seu acalanto. Ali, a pombagira jurou que, sempre que precisássemos, ela iria nos ajudar.

Quando terminamos de resgatar os espíritos aprisionados no castelo, fiz questão de chamar o Boiadeiro Chico Ponteiro, o Cigano Roni e a senhora Cabocla Jaciara para, em um único golpe, destruirmos aquele inferno. Chamei todos de nossa casa e todos da casa de Padilha e Marabô. Unimos nossas forças e vimos cair o símbolo do império do Sheik.

SETE CAVEIRAS

A VOLTA PARA CASA

Vimos o castelo ruir no domínio da ilusão e uma parte verde começou a surgir com esplendor. Os dois pântanos — onde Sete Adagas e o próprio Exu do Pântano foram curados — começaram a se expandir e a vida e as bênçãos dos orixás se espalharam por aquele domínio antes sem vida.

A Cabocla Jaciara deu um brado e jogou várias sementes para o alto. Ao caírem, começaram a brotar as mais verdes árvores e ervas. Ficamos todos imóveis, apreciando a vida renascer. O domínio da ilusão deixou de ser frio e inerte, para ser um domínio regido pela vida. Foi uma honra sermos testemunhas daquele momento.

A Cabocla Jaciara olhou para nós e disse:

— É hora de voltarmos! Sete Caveiras, vou levar os que vieram conosco. A flecha de meu chefe, que está com você, os guiará de volta. Sintam-se honrados por serem os últimos a sair deste novo reino dos orixás.

Maria Padilha e Marabô, quietos até então, se pronunciaram:

— Minha senhora, permita-nos ficar com Sete Caveiras e irmos embora com eles — pediu Maria Padilha.

— Por mim, não há problema! Espero todos vocês em nossa casa, onde Flecha Certeira e Pena Branca já nos esperam.

— Agradecemos, minha senhora!

Quando ela partiu junto com todos os que vieram com os caboclos, o Exu Marabô se aproximou de nós e falou:

— Meus amigos, antes de voltarmos, quero agradecer e dizer que vocês têm minha lealdade. Pombagira Cigana e Exu Sete Adagas, estrategistas como vocês, desconheço. Pombagira do Cruzeiro, Sete Caveiras tem muita sorte de ter uma guerreira como você ao lado dele. Com vocês sete, aprendi que mesmo nas trevas podemos ter uma família! Tenham a certeza de que eu e Padilha levaremos esse ensinamento para nossa casa. Foi uma honra lutar com vocês neste inferno. A partir de hoje, me tenham como um aliado!

— Faço minhas as palavras de Marabô! Ainda acrescento que somente os mestres da Luz poderiam unir sete exus e pombagiras tão diferentes, mas capazes de lutar unidos neste inferno. Eu reverencio a Direita da casa de vocês!

— Podem nos ter como seus aliados também. Eu, o Exu dos Caminhos, espero que nossos caminhos se cruzem novamente, não para uma batalha, mas para nos divertirmos um pouco. Rá, rá, rá!

Todos rimos muito com o comentário de meu amigo, o Exu dos Caminhos.

Era hora de voltar para nossa casa, para nossa calunga e para nossa família espiritual. A vida naquele domínio estava quase refeita. Irradiei minha capa para todos, peguei a flecha do caboclo que estava comigo, a ergui e um clarão se fez, abrindo um portal que nos levou de volta para o terreiro.

Assim que chegamos em casa, os pretos-velhos sorriram e fecharam o portal. Todos os presentes — tanto de nossa casa quanto da casa de Pena Branca — estavam nos esperando. Mãe Saipuna bateu a bengala e o senhor Exu Vira-Mundo apareceu do lado dela. Ela sorriu para todos e agradeceu por poder ajudar de alguma forma.

— Rá, rá, rá, rá! Sete Caveiras, ainda bem que vocês já voltaram — falou o senhor Vira-Mundo. — Eu já estava impaciente.

— Meu amigo, com todo o seu poder, se estivesse conosco, certamente, teríamos voltado mais cedo.

— A luta era de vocês, mas estou feliz por ter ajudado de alguma forma. Vou acompanhar minha velha até a morada dela. Em breve, nos veremos. Boa noite a todos!

Todos respondemos e, em seguida, vimos o Exu Vira-Mundo partir com Mãe Saipuna.

— Padilha, esta é a casa do mano Flecha Certeira. Você e Marabô têm muito a agradecer à Esquerda e à Direita desta casa, que é um ponto de luz dos orixás — comentou o Caboclo Pena Branca.

— Sim, senhor Pena Branca. Nós nos tornamos muito amigos da Esquerda desta casa, e queremos dizer que somos gratos a toda a Direita também. Tenham a Esquerda da casa do senhor Pena Branca como aliada — respondeu Maria Padilha.

— Agradeço suas palavras, moça! Vejo nos olhos de Pena Branca o grande carinho que ele tem por você. Acredito que, assim como eu tenho uma história antiga com Sete Caveiras, vocês devem ter também — disse Pai Manuel de Arruda.

— Sim, meu senhor. Sinto uma gratidão imensa pelo senhor Pena Branca ter me resgatado e me chamado para compor a coroa da médium dele.

Os olhos de Padilha confirmavam a gratidão que ela sentia pelo caboclo. Marabô, apesar de ser tão carrancudo quanto o Exu do Pântano, também era muito grato a Pena Branca. Fizemos dois grandes amigos e, até os dias de hoje, sempre nos encontramos em missões dadas pela Luz.

O Caboclo Pena Branca se despediu e volitou junto com toda a Esquerda e a Direita da casa dele, deixando a casa de *Pai Flecha Certeira e Mãe Jaciara*.

Permanecemos em silêncio, pois Vovó Maria Conga estava agradecendo nosso retorno aos orixás. Quando ela terminou a prece, abraçou cada um de nós, sorriu e disse:

— Vocês sete dão muito orgulho à nossa casa. Mesmo com as particularidades de atuação de cada um, conseguiram vencer e fazer o impossível!

— A velha Conga também fala por mim. Estou muito orgulhoso de vocês! Sete Caveiras, você deu um passo imenso em sua caminhada para o que tanto deseja — afirmou Pai Manuel de Arruda.

— Que Tupã Maior e Pai Oxóssi os abençoem! Quero que saibam que jamais deixaríamos algo acontecer a vocês. Quando o exu-cigano foi ferido, ficamos atentos para, se necessário, ir buscá-los rapidamente. Exu do Pântano, agradeço a você, moço, por ter se doado para que Sete Adagas não tombasse; Dama da Noite, estávamos certos ao escolhê-la como guardiã de nosso médium; Cigana, assumiu o comando muito bem quando foi preciso; todos vocês trabalharam muito bem! Agradeço a todas as entidades da Direita e da Esquerda de nossa casa. Eu saúdo as forças de nossa casa! — falou o Caboclo Flecha Certeira.

Os ciganos voltaram a se abraçar. Vovó Maria Conga abraçou o Exu dos Caminhos e o Exu do Pântano. Dama da Noite foi abraçada por Rosa Ventania e o Boiadeiro Chico Ponteiro abraçou Cruzeiro e eu. Assim, ficamos vários minutos trocando abraços e agradecimentos, mas eu os interrompi, perguntando ao caboclo:

— Senhor caboclo, e Tiriri? Como está?

— Está com o protetor da Direita dele. Em breve, ele virá até você. Agora, descansem, pois farei a guarda junto com o boiadeiro e o baiano. Verei minha filha recém-coroada, nosso médium e nosso ogã. Jaciara correrá a casa de todos os filhos. Voltaremos em breve!

Todos nos despedimos respeitosamente e nós voltamos para a calunga.

SETE CAVEIRAS

DE VOLTA À CALUNGA

Quando chegamos em nossa calunga, Sete Mausoléus e Sete Catacumbas fizeram a maior festa e nós nos divertimos muito, contando as histórias de nossa missão no reino da ilusão. O Cigano Roni ouvia tudo atentamente. Os mirins, que não foram na missão, mas ficaram guardando o terreiro com os outros, sendo liderados pelo Exu Vira-Mundo, ficaram atônitos com nossos relatos.

Dávamos imensas gargalhadas que escondiam nossa angústia. Sim, nós sete sentíamos uma dor que não sabíamos de onde vinha, e não comentávamos uns com os outros. Eu e Cruzeiro, por nossa conexão, sentíamos a dor um do outro.

Logo que terminamos nossa comemoração, fui tomar vinho com meu amigo, o Cigano Roni, que me disse:

— Foi uma missão árdua! No terreiro, em nenhum momento deixamos de vibrar pelos que estavam na outra dimensão. Agradeço por cuidar de meus irmãos.

— Se não fosse por eles, não teríamos vencido, meu amigo. Hoje, entendo a importância de Sete Adagas em sua caravana.

Acredite, dei graças aos céus por ter a magia de Cigana ao nosso lado. Seus irmãos se revelaram excelentes estrategistas.

— Eles estão estranhos... sorriem, mas tem algo estranho com eles. Vou me recolher e levá-los para nossa caravana, se me permitir.

— O que é isso, Roni? Eu permitir algo a vocês? Às vezes, você esquece que é da Luz.

— Não me esqueço, meu amigo, mas, para mim, somos iguais. Somos todos da Luz... eu trabalho na Luz e vou até as trevas; você trabalha nas trevas para a Luz, e conduz todos os que querem sair dela.

— Chega, cigano! Você e suas conversas difíceis. Rá, rá, rá, rá! Leve os dois, vou me recolher também.

Na calunga, a madrugada nem sempre é silenciosa. Estamos acostumados à agitação das missões dadas a nós. Dessa vez, fomos poupados para nos reenergizar, mas eu ainda desejava a ação. Então, meu desejo foi atendido: senti a agitação do Exu Sete Porteiras e volitei até ele.

— O que houve?

— Veja você mesmo, Sete Caveiras.

Logo, Cruzeiro, Sete Mausoléus e Sete Catacumbas estavam do meu lado com as espadas em punho. Dezenas de espíritos estavam parados na frente de nossa calunga e o Exu Sete Porteiras estava perguntando a eles o que queriam, mas não obtinha qualquer resposta, e isso o estava irritando.

Quando cheguei, o líder do grupo veio até a porteira.

— Eu saúdo a todos! Você é o Exu Sete Caveiras que venceu o Sheik? Notícias de sua vitória percorrem todo o astral.

— Rá, rá, rá, rá! Quem quer saber? — perguntei com a espada em punho e muito irritado.

— Somos espíritos errantes. O demônio derrotado por vocês destruiu nossas famílias e nos separou. Por décadas, tentamos achar a entrada para o domínio dele, até que soubemos que ele foi derrotado por vocês. Esperamos reencontrar nossos familiares e, finalmente, encontrar a paz.

— Por que a Luz nunca os ajudou? — perguntou a Pombagira do Cruzeiro.

— A senhora conhece os mistérios da Luz. Ela nunca deixa de ajudar alguém, mas sempre no tempo dela. Não queríamos esperar e percorremos mundo afora.

— Você me parece um guerreiro. Não tenha medo de nós, mas quero saber como conhece os mistérios da Luz — insistiu Cruzeiro com o líder deles.

Emiti um chamado para a Pombagira Cigana. Não queria fazer isso, ela merecia ficar com os irmãos, mas ela logo apareceu ao nosso lado, seguida de Sete Adagas e do próprio Cigano Roni, que chegou falando:

— O que está havendo? — Roni irradiou sua luz, revelando todos os espíritos.

Exu dos Caminhos, Exu do Pântano e Dama da Noite chegaram e também se puseram ao nosso lado! Quando entendi a realidade dos fatos, fui logo falando:

— Vocês têm símbolos gravados em seus espíritos... são exus e pombagiras! Por acaso, renunciaram à Luz? Querem saber onde está o demônio para libertá-lo?

— Não, Sete Caveiras! Não queremos libertar o demônio, apenas reencontrar os nossos. Se foi você mesmo que venceu o demônio e libertou os presos, sabe que havia muitos exus e pombagiras que sucumbiram diante do poder dele!

— Como se chama, meu amigo? — perguntou a Pombagira Cigana, calmamente.

— Meu nome é Capa Preta. Posso ser considerado um desertor de minhas obrigações, mas não um traidor da Luz. Todos que estão comigo também perderam amigos, amores e familiares para o demônio, só queremos encontrá-los.

Um clarão se fez à nossa frente e, como um raio, o Caboclo Flecha Certeira surgiu. Com ele estavam a Cabocla Jaciara e o Pai Manuel de Arruda. Todos se curvaram diante da presença dos caboclos e do preto-velho.

— Salve a todos! Escutei seu chamado, cigano. O que está havendo aqui?

— Meus senhores, vou contar tudo a vocês — respondeu Cruzeiro, como sempre muito detalhista.

Assim que os caboclos e o preto-velho entenderam a situação, Flecha Certeira falou:

— Entendo as dores e os sentimentos de vocês, mas isso não lhes dá o direito de abandonar quem serviam e travar a própria batalha. Para servir à Luz, é necessário disciplina! Sabemos onde todos os resgatados no domínio da ilusão estão. Em breve, eles ficarão bem.

— Senhor caboclo, se alguém deve ser punido, que seja eu, pois comecei a perseguir o domínio da ilusão mundo afora. Os outros apenas me seguiram — confessou Capa Preta.

— Eu não falei em punição, mas em respeito a quem se serve.

O caboclo se ajoelhou, fez uma oração silenciosa, se levantou e atirou uma flecha para o ar. Ao cair, ela iluminou todos e, segundos depois, mais seres de luz se fizeram presentes. Eram os senhores dos exus e das pombagiras errantes, que se curvaram diante deles.

— Agradeço a todos por responderem meu chamado. Meu nome é Flecha Certeira e vou lhes explicar tudo. Seus guardiões não merecem punição, estavam apenas agindo conforme os instintos.

O Caboclo Flecha Certeira, ao lado de Cruzeiro, explicou tudo aos seres de luz presentes. Todos sorriram e agradeceram aos céus por nossa vitória. Depois, seguiram a Cabocla Jaciara e o Pai Manuel de Arruda até o lugar onde estavam os resgatados no domínio da ilusão. Por fim, o Caboclo Flecha Certeira disse aos exus e às pombagiras:

— Voltem para seus pontos de força nos domínios de vocês. Meus irmãos da Luz, em breve, levarão notícias dos libertos para vocês. Não se esqueçam de lhes agradecer a oportunidade de servir à Luz novamente.

Em seguida, o caboclo deu um brado ensurdecedor. Todos se curvaram, se despediram e voltaram para os pontos de força. Então, eu me dirigi a ele:

— Senhor caboclo, será que existem mais espíritos procurando os seus?

— Acredito que sim, Sete Caveiras. Cigano Roni, siga mundo afora com sua caravana e leve minha flecha. Onde encontrar espíritos procurando por prisioneiros do Sheik, me chame.

O cigano pegou a flecha, se despediu de nós e volitou junto com Cigana e Sete Adagas para a caravana.

Cruzeiro se aproximou do caboclo e falou:

— Senhor caboclo, também estamos prontos para o que o senhor precisar!

— Descanse, moça! Ainda terão muito trabalho em nossa casa, nossos médiuns precisarão de ajuda e vocês deverão estar prontos. Que Tupã Maior os abençoe e aumente suas luzes!

Diante de nós, ele volitou e voltou para a morada. Cruzeiro me perguntou:

— Você reparou que ele disse "nossos médiuns precisarão de ajuda e vocês deverão estar prontos"?

— Sim. Acho que teremos uma nova batalha pela frente! Dessa vez, porém, será para ajudá-los, e não para os defender.

— Concordo com você. Venha, vamos entrar em nossa calunga.

A dor que sentíamos era a dor das entidades da Esquerda que haviam perdido alguém; todos os exus e todas as pombagiras reconheciam aquela dor. Com o tempo, ela sumiu, acredito que, assim que reencontraram os seus, a dor tenha se aplacado.

Os ciganos voltaram a sorrir e a cantar; Cruzeiro voltou a ser minha companheira de sempre; Dama da Noite, Exu dos Caminhos e Exu do Pântano voltaram a ser os mesmos amigos de antes do domínio da ilusão.

Fizemos muitos amigos, inclusive o Exu Capa Preta, que sempre vai nos visitar em nossa casa e em nossa calunga, mas ainda esperávamos ansiosos pelo reencontro com o Exu Tiriri. Enquanto esse dia não chegava, continuamos trabalhando em nossa casa: a *Casa de Pai Flecha Certeira e Mãe Jaciara*.

SETE CAVEIRAS

NOSSA CASA SENTE A DOR

As palavras do caboclo foram certeiras, pois nossos médiuns, realmente, precisaram de nossa ajuda. Uma filha da casa partiu para o Orum, deixando todos tristes e temerosos. A Direita trabalhou para equilibrar os médiuns e nós da Esquerda nos encarregamos de protegê-los, não permitindo que espíritos aproveitadores sugassem suas energias.

Sempre que uma corrente se rompe, quando um elo é partido, se não lidarmos rapidamente com o sentimento de tristeza, isso pode contagiar todos, atraindo espíritos afins a essa energia. Daí a importância das firmezas — tanto da Esquerda quanto da Direita — estarem sempre ativas no terreiro.

Nosso médium lidou bem com a situação. Conseguiu se reequilibrar rapidamente e conduziu o rito fúnebre necessário.

Logo, fui perguntar a Pai Manuel:

— Meu velho, como está a médium? Por que não fui chamado para recebê-la?

— Moço, ela teve a ajuda de todos nós. Você não foi chamado porque estava no domínio da ilusão. Tivemos de cuidar da situação no mesmo instante em que estávamos lidando com sua missão. Agora, ela está bem... se assustou com a separação da carne, mas agora está bem.

Entendi, mas me culpei por não ter terminado a missão a tempo de ajudá-la. Cruzeiro, como sempre, ficou ao meu lado, porém, minha dor aumentou e começou a dar vazão. Agora, tínhamos uma missão: trabalhar cada vez mais para alcançar meu objetivo, encontrar meu verdadeiro "eu".

SETE CAVEIRAS

O REENCONTRO COM EXU TIRIRI

Buscar meu verdadeiro "eu", mas eu sequer sabia o que isso significava. Minha dor havia aumentado e eu ainda precisava dar um jeito de plasmar a forma humana. Queria ver meu filho e reencontrar Ana. Cruzeiro, minha fiel companheira, preocupada, pediu que meu mentor, Exu Caveira, viesse falar comigo.

Logo, ele apareceu em nossa calunga e nos saudou com sua voz metálica:

— Salve, sua banda, Sete Caveiras! Vejo que continua o mesmo de sempre.

— Senhor Caveira, é uma honra recebê-lo aqui, e fico ainda mais feliz, pois sei que nos traz uma missão. Estou sedento para colocar minha espada para cantar!

— Não, meu amigo. Desta vez, vim apenas conversar.

— É sempre bem-vindo! Sabe que tenho um respeito imenso pelo senhor.

Senhor Caveira e eu ficamos conversando e caminhando pela calunga por horas. Falamos da dor que me assolava, de minha ansiedade e até sobre meu medo. Exu Caveira é mentor e amigo, um verdadeiro irmão da espiritualidade. Fiquei muito feliz por ele ter se preocupado comigo.

— Salve, senhor Caveira! — saudou-o Cruzeiro, respeitosamente. — A calunga se ilumina com sua presença. Todos estão curiosos, querendo saber o motivo de sua presença.

— Rá, rá, rá, rá! Cruzeiro, você não muda! Lembro-me da jovem guerreira que, ao desencarnar, enfrentou demônios sem sequer saber que teria minha ajuda. Sua habilidade com a espada me fez arregimentá-la no mesmo instante. Também me surpreenderam sua célere compreensão do desencarne e, principalmente, como você assumira a responsabilidade e ascendera rapidamente ao grau de pombagira.

— O senhor foi um bom mentor!

— Rá, rá, rá, rá! A bajulação nunca foi o seu forte. Vim aqui como amigo para conversar com Sete Caveiras. Soube que Tiriri está recuperado e, em breve, vocês se reencontrarão.

— Senhor Caveira, isso sim é uma boa notícia, meu amigo — respondi, gargalhando.

Meu mentor e amigo partiu, deixando-me mais calmo. Porém, minha dor não sumia.

Alguns dias se passaram. Estávamos nos preparando para a gira da semana, quando um forte clarão anunciou a chegada do Caboclo Flecha Certeira. Como um raio, ele apareceu em nossa calunga. Todos se ajoelharam e Cruzeiro se adiantou:

— Salve, senhor caboclo! Como podemos ajudar?

— Salve, moça! Salve, todos! Desta vez, trago boas novas.

Assim que ele terminou de falar, outro clarão se fez e o caboclo que tinha visto em nosso terreiro no início da missão no domínio da ilusão surgiu do lado do senhor Flecha Certeira. Junto com ele, estava nosso amigo Exu Tiriri.

— Tiriri! Como é bom vê-lo, meu amigo! — falei.

— Salve, sua banda, meu amigo! Estou aqui graças à casa de vocês e a todos os que me guiam.

Os caboclos se afastaram e volitaram para a nossa frente. Tiriri falou ainda mais alegremente:

— Rá, rá, rá, rá! Se não fossem vocês, ainda estaria naquele inferno!

— Mas como você caiu, meu amigo?

Imediatamente, nossa calunga encheu. Cigana, Dama da Noite, Exu dos Caminhos, Tranca-Ruas, Tata Caveira, Tata Calunga, Sete Catacumbas, Maria Padilha, Pimentinha, Calunguinha, Sete Adagas, Pântano e todos os nossos amigos vieram dar as boas-vindas a Tiriri. Ele não teve tempo de responder minha pergunta.

Após longas saudações, abraços e risadas, Tiriri se afastou do grupo e veio conversar comigo.

— Nunca reclamei de servir à Luz. Você se lembra de minha outra médium? Sempre permaneci ao lado dela e, se a Luz permitir, nunca deixarei de estar com esta nova médium. Caí defendendo-a. Eu me entreguei para que ela tivesse a chance de reencontrar a Umbanda.

— Meu amigo, sei o que sente por sua médium. Aquele caboclo é o mentor dela?

— Sim, meu amigo.

— Creio que nos reencontraremos em breve. Seu pedido chegou até nós por conta da coroação da companheira de nosso médium. Todo o terreiro estava de preceito e com os pensamentos elevados; mas, ainda assim, somente Cruzeiro e Caminhos sentiram sua perturbação. O demônio era muito astuto!

— Agradecerei aos dois pessoalmente. Exu dos Caminhos sempre foi um grande observador; e a Luz acompanha a Pombagira do Cruzeiro há muito tempo.

Respondendo ao chamado da Pombagira Cigana, o Cigano Roni chegou com a caravana. Ele estava muito feliz, pois, com a flecha do Caboclo Flecha Certeira, ele conseguira encaminhar vários espíritos perdidos mundo afora.

Após ele montar acampamento, me juntei ao cigano para tomarmos vinho e conversar. Somos grandes amigos! Ele ouviu meus lamentos e minhas reclamações enquanto bebíamos. Certo momento da noite, contudo, ele parou e disse:

— Meu amigo, sabe que o respeito muito e que entendo seus impulsos e seus instintos de exu! No entanto, preciso alertá-lo... precisa encontrar seu verdadeiro "eu". Sem esse encontro, jamais encontrará a paz, pois ela está dentro de você! Pare de procurá-la nos outros ou de esperar que os outro a tragam para você. Encontre seu verdadeiro "eu"!

— Cigano, pare de falar! Você complica demais... verdadeiro "eu"?! Eu estou aqui na sua frente. Rá, rá, rá, rá!

Passamos a noite dando risadas e não tocamos mais no assunto. Quando ele partiu, passei dias pensando no que ele disse... meu verdadeiro "eu"![2]

---

2   Neste ponto, o leitor que preferiu avançar, pode retornar para a página 135 e terminar o Livro 1: *O guardião da Luz nas trevas*. [NE]

SETE CAVEIRAS

EPÍLOGO

Em 2019, eu, Cruzeiro, Cigana, Dama da Noite e os demais de nossa Esquerda estávamos nos preparando para o encerramento do ano, conforme fazíamos todos os anos. No entanto, em novembro, o Caboclo Flecha Certeira estava diferente durante a gira, e todos nós notamos. A Cabocla Jaciara estava quieta e ansiava pelo término da sessão. Conseguíamos sentir o incomodo deles!

Cruzeiro pediu que todos ficássemos alerta. Algo não estava correndo como o esperado. Logo, achei que seríamos atacados e mandei que reforçassem as defesas em torno do terreiro. Chamei mais amigos da calunga, da encruzilhada e das matas. Todos perceberam a inquietação dos caboclos-chefes de nossa casa. Cigana, mais atenta que todos nós, comentou que a inquietação estava em todos os caboclos, não apenas nos chefes da casa, e isso me preocupou ainda mais.

Quando surgiu um clarão e nós pudemos avistar a caravana de Roni, fiquei muito feliz

— Optchá! Salve, meus amigos da Esquerda! Salve, minha irmã amada!

Cigana correu para abraçar o irmão. Eu cumprimentei meu amigo e perguntei:

— Salve, Roni! Salve, Sete Adagas e todos vocês! Por que vieram aqui hoje?

— Viemos fazer o encerramento de nossa Linha de trabalho. Porém, ficaremos acampados, pois teremos reunião nas moradas espirituais.

— Existe algo errado, Roni?

— Sim, meu amigo. O desespero está tomando conta do outro lado do mundo.

— O que isso tem a ver com a reunião nas moradas espirituais?

— Você logo saberá...

Não gosto nem um pouco de quando ele fica em silêncio.

Depois da gira, ficamos no acampamento com Roni. Eu esperava beber vinho e ter muita cantoria e diversão! Porém, ele estava sério, bebemos um pouco e ele logo se recolheu.

Voltamos para a nossa calunga. Cruzeiro estava inquieta e eu perguntei a ela:

— O que há com você?

— Eu não estava sentindo nada até os ciganos chegarem, mas, agora, sinto uma inquietação nas passagens do cruzeiro.

— Acalme-se! Logo, alguém da Luz virá falar conosco.

Não demorou muito para que o próprio Caboclo Flecha Certeira aparecesse na calunga junto com Vovó Maria Conga e Pai Manuel de Arruda. Como sempre, Cruzeiro tomou a frente:

— Salve, suas luzes! Suas bênçãos?

— Zambi e São Cipriano os abençoem! — respondeu Vovó Maria Conga.

— Como podemos ajudar? — perguntou Cruzeiro cabisbaixa.

— Moça, Sete Caveiras e todos os outros, teremos uma reunião em nossa morada espiritual que deverá contar com a presença de vocês. Deixem alguém de sua máxima confiança tomando conta do terreiro e da calunga, pois a reunião será breve. Não queremos arriscar nossa defesa nem a dos médiuns de nossa casa ou dos terreiros guardados por nós. Preparem-se para receber o chamado.

Eles volitaram sem que eu tivesse tempo de perguntar o porquê.

Assim que recebemos o chamado, convoquei toda a nossa falange: Cigana, Dama da Noite, Caminhos, Tranca-Ruas, Tata Caveira, Calunguinha, Sete Catacumbas, Pimentinha e todos da casa. Em seguida, volitamos para a morada do senhor Flecha Certeira. Lá, fomos recepcionados pela Pombagira da Figueira.

— Salve, suas forças! Sete Caveiras, Cigana, Cruzeiro e todos, deixem as armas na porteira, pois uma reunião sem precedentes está para acontecer.

— Figueira, eu nunca deixei minha espada aqui. O que está acontecendo?

Antes que ela respondesse, uma voz metálica atrás de mim a interrompeu:

— Sete Caveiras, continua o mesmo! Décadas se passaram e você ainda não consegue ficar calado e obedecer?

— Senhor Caveira, como é bom ver o senhor, meu amigo!

— Obedeça Figueira e vamos entrar!

Todos de nossa falange respeitam o senhor Caveira. Ele foi meu mentor e o mentor de Cruzeiro quando assumimos o grau de exu e pombagira. Antes de entrar, vi quando ele e Figueira se cumprimentaram amorosa, mas apressadamente.

Lá dentro, avistei muitos espíritos de luz e muitos exus, pombagira e mirins. Nós da Esquerda ficamos alocados de um lado da grande morada; do outro lado, permaneceram os que trabalham na Luz.

A reunião começou com uma oração. Pude sentir novamente as bênçãos do senhor Oxóssi e, logo depois, do senhor Oxalá. Em seguida, nos avisaram que teríamos muito trabalho, tanto na parte material quanto na parte espiritual. Para mim, não foi novidade, até achei um exagero uma reunião com tantos presentes. Tanto segredo para falar aquilo! Meus pensamentos me traíram e fui fulminado pelo olhar do Caboclo Flecha Certeira; baixei a cabeça e voltei a prestar atenção.

Algum tempo depois, a Esquerda foi dispensada, exceto os exus mais antigos, como o senhor Caveira. Cruzeiro também foi convidada a ficar, mas eu fui embora com toda a nossa falange.

Horas depois, encontrei Cruzeiro no ponto de força dela.

— Chegou e não foi falar comigo?
— Abrace-me!
— O que houve?
— Você confia em mim, não é?
— Sim, claro!
— Não posso falar muito, mas teremos muito trabalho!

Em janeiro de 2020, a inquietação no mundo espiritual estava tão forte que até eu estava sentindo, mas preferi me ater à nossa calunga e ao nosso terreiro.

No mês seguinte, começamos a ser chamados para ajudar muitos irmãos da Luz de outras religiões. Em março, uma guerra sem precedentes começou.

Na época, vi o próprio Caboclo Estrela Guia descer da morada, ele usava uma armadura e estava pronto para o combate. Aquilo era inimaginável para mim! Também vi o Caboclo Sete Estrelas liderar inúmeras falanges de caboclos.

Nós da Esquerda fomos colocados à disposição da Luz. Tomamos conta de vários pontos na Terra — terreiros, casas de Umbanda, hospitais, igrejas — e íamos para onde nos mandassem.

Combatemos legiões de espíritos negativos e demônios que queriam, a qualquer custo, influenciar os encarnados negativamente. Vi médiuns perderem a fé e médiuns, descrentes até então, chorarem e implorarem por ela.

Tenho muito a contar desse tempo, mas não neste tempo!

SETE CAVEIRAS

PALAVRAS FINAIS

— Meu amigo, fico honrado por ter escolhido a mim para contar sua história — confessou Viking.
— Rá, rá, rá, rá! Por quê? Você que lida bem com essas coisas...
— Sim, mas me explique e me tire a dúvida: se pudesse ir para a Luz e trabalhar ao lado de Ana e seu filho, como seria?
— Viking, vejo meu filho sempre que possível. Também encontro Ana e nós nos amamos muito, mas ela trabalha na Luz, levando-a para as trevas. Eu trabalho nas trevas, e levo para a Luz todos os que querem sair dela. Não me imagino longe de Cruzeiro, que já abdicou de ir para a Luz para ficar comigo, e não me imagino deixando nosso médium e meu velho. Ficarei com eles até meu velho determinar.
— Entendo...
— E tem outra coisa... rá, rá, rá, rá!
— Diga, meu amigo!
— Meu mentor, Exu Caveira, me disse uma vez que trabalhar como exu era muito mais divertido. Na época, não entendi bem,

mas hoje concordo com ele. Trabalhar como exu e trabalhar nas trevas é muito mais divertido!

— Vocês, exus e pombagiras, têm um senso bastante esquisito de diversão.

— Rá, rá, rá, rá! Meu amigo, nem tudo o que reluz e brilha é da Luz, é ouro ou é bom; nem tudo o que é escuro e trabalha nas trevas é ruim! Trabalhando nas trevas, do meu modo, consigo ajudar a Luz com minha espada. Divertido para nós é termos liberdade de ação em vários sentidos, os quais, na Luz, teríamos de anular.

— Compreendo, meu amigo. Vou transcrever para nosso médium e ocultar o que me pediu.

— Faça isso, meu amigo. Até breve! Rá, rá, rá, rá!

O Exu Sete Caveiras é, realmente, um grande amigo. Por diversas vezes, ele me ajudou em minhas caminhadas pela Terra ao lado de nosso médium e em outras ocasiões. Ele me disse que muitas pessoas pensam que exu é o demônio, que não ama, não chora e não tem sentimentos. Essas pessoas estão enganadas e deveriam se envergonhar desse pensamento, pois muitos exus e pombagiras abdicam da Luz para ajudar os encarnados. Ele acha até engraçado e controverso quando ouve pessoas dizendo que exu e pombagira são demônios e que só entram no terreiro de Umbanda para limpá-lo e descarregá-lo, como se fossem faxineiros de suas vaidades.

Se os exus e as pombagiras adentram nos terreiros, não é, simplesmente, porque eles querem, mas porque a luz dos orixás lhes concedeu essa permissão. Se ela permite tal incursão, por que alguns ainda os chamam de demônios? Sete Caveiras me disse que cansou de ver pessoas associando-o ao diabo, mas foi ele quem ajudou a salvar diversas pessoas de desobsessões dos verdadeiros demônios.

Para mim, foi uma honra transcrever esta história, que poderá levar a luz dos exus e das pombagiras a muitas pessoas e que poderá contribuir para que estas entidades sejam respeitadas pelo trabalho que realizam dentro da Umbanda.

Viking

SETE CAVEIRAS

TESTEMUNHOS

Quando vi o senhor Sete Caveiras manifestado pela primeira vez, tive uma sensação diferente. Houve uma conexão especial que não sabia explicar, um misto de dor, aceitação e choro. Prontamente, ele se aproximou e falou: "Você sentiu a minha dor". Pouco tempo depois, descobri que se tratava de um momento muito difícil da vida dele.

O ensinamento que trago comigo é: temos um passado no qual podemos ter cometido alguns erros, mas se digladiar não nos torna alguém melhor ou pior perante Deus, pois o perdão pode ser concedido a qualquer ser, desde que ele se regenere. Entenda onde errou e não o cometa mais. O livre-arbítrio existe, mas cuidado!

Sou eternamente grata por todos os ensinamentos e por aprender com o senhor Exu Sete Caveiras, que nos conduz com tanto amor e respeito. Também agradeço ao pai Paulo Ludogero por toda a dedicação à religião e ao corpo mediúnico.

Fabiana Regina Esteves
Médium da *Casa de Pai Flecha Certeira e Mãe Jaciara*

Um dia, em meus primórdios na Umbanda, quando ainda não conhecia muito sobre a religião, sobre as entidades, tampouco sobre quem era exu, em uma gira fechada no terreiro que frequentava — e, com muito orgulho, ainda frequento —, o senhor Exu Sete Caveiras se fez presente e a chegada dele causou em mim uma dor no peito, uma tristeza, algo muito profundo e intenso, uma vontade de chorar... e foi o que eu fiz. Ao ver aquela entidade, me emocionei e chorei.

Esse sentimento se repetiu em várias outras giras em que ele esteve presente, e isso me intrigava cada vez mais. Certo dia, quando já tinha mais confiança para fazer uma pergunta a uma entidade — antes, eu achava que eu não deveria incomodá-las com dúvidas bobas —, tomei coragem e fui falar com o senhor Sete Caveiras. Contei a ele o que sentia quando ele estava presente — a dor e a vontade de chorar. Ele olhou bem para mim e me disse: "Um dia, você vai saber o porquê".

Eu sempre respeitei o tempo necessário para que os mistérios fossem revelados; não gosto de antecipar, perguntando antes, pois, dessa forma, aproveito para pensar em todas as possibilidades do que ele é. Então, aguardei.

Quando chegou o dia de saber, sem que eu dissesse nada, o senhor Sete Caveiras veio até mim, me deu um forte abraço e perguntou: "Como você está, menina?". Eu respondi que estava bem, graças à Deus. Ele me benzeu e disse: "Sabe por que você chora quando eu venho? É porque você sente a minha dor. São poucas as pessoas que a sentem e, por isso, eu lhe agradeço".

Aos poucos, fui me afeiçoando cada vez mais a ele. A cada gira, por meio das mensagens, dos ensinamentos e de sua presença, eu entendia um pouco mais quem era aquele exu. Durante todos esses anos em que frequento o terreiro, tive a oportunidade de presenciar a caminhada dele e de perceber a forma como ele tem se modificado em relação às suas conquistas e à sua dor.

Com o tempo, a dor foi amenizando; hoje, eu ainda sinto uma pontada de dor quando penso na história dele — que ainda conheço pouco, mas que foi revelada nas páginas deste livro —, porém, também sinto muita alegria, já que tenho a certeza de que o senhor Sete Caveiras me protege.

Ele me pegou no colo em momentos difíceis da vida e sempre me dá um sorriso e um abraço, e isso já é motivo de alegria para mim. Tenho a certeza de que todos os que conhecem pessoalmente o senhor Sete Caveiras sentem a energia e a força que ele tem. Eu, que, como outras pessoas, sinto a dor dele, refleti muito sobre o que ela seria e o que eu experiencio quando ela aparece. Certa vez, me disseram que empatia é sentir a dor do outro, é entender o que ele passou e se colocar no lugar dele. Penso que essa dor é mais que isso, ela tem uma serventia em minha vida, pois faz com que eu me conecte com minhas atitudes e com as oportunidades únicas que preciso fazer na Terra e na existência tão curta desta encarnação.

É a dor de saber que não se volta atrás, que as ações têm consequências, que nossas dores, nossas mágoas, nossas raivas, nossos medos e nosso ego podem nos levar para lugares muito sombrios — na vida e além dela. Eu aprendi tudo isso sentindo a dor do senhor Exu Sete Caveiras e, por isso, só tenho a agradecer por sua grandeza, sua força e sua proteção. Eu amo o senhor Exu Sete Caveiras!

Amanda Menezes Scaff

Médium da *Casa de Pai Flecha Certeira e Mãe Jaciara*

Existem momentos em nossa vida em que a mera presença de alguém nos faz ter a certeza de que nada poderá nos atingir. No entanto, nem sempre foi assim.

Há muitos anos, tive a honra de conhecer um exu que, à primeira vista, parecia diferente dos demais — pelo menos, diferente dos que eu havia conhecido até o momento. Carismático, sorridente e "pronto", pois ele não hesitava em se colocar diante do que fosse em benefício de um necessitado.

Certo sábado, com o coração apertado e a mente perdida, fui a uma festividade em um terreiro e o médium do exu do qual falei estava presente. O médium, assim como eu, era visitante e, dessa forma, permaneceu livre dos atendimentos realizados, trazendo-me uma oportunidade ímpar.

Eu já tinha visitado a casa onde o médium era comandante-chefe de terreiro, mas, até aquele momento, não havia encontrado com o exu. Além disso, se o encontrasse na casa que comandava, não teria uma oportunidade como aquela, pois, certamente, ele teria de dar atenção a dezenas de pessoas que ali estariam.

Pois bem, a ocasião não foi feita para ser perdida. Por isso, logo me dirigi a uma cambona que, prontamente, me colocou diante do exu. Como sempre, o exu, sorridente e envolvente, sentou-se em uma cadeira e me convidou a sentar no chão, logo à sua frente. Com a voz tão firme quanto uma rocha e, ao mesmo tempo, convidativa como uma bela noite de luar, ele me deu uma oportunidade ainda maior.

— Fala, menino. Pode perguntar o que quiser.

É claro que, neste momento, nossa conversa fluiu por mais de uma hora e só a encerramos quando o ritual da casa nos obrigou.

Daquele dia em diante, minha visão mudou completamente; não sentia mais um aperto no coração nem me via perdido. Já sabia o que eu queria e onde queria estar: certamente, sob a capa dele.

Guardei a conversa que tivemos a sete chaves, é algo que apenas eu e ele sabemos, assim como muitas outras que viriam depois. Com o passar dos anos, nossa proximidade era nítida. Nos trabalhos da Esquerda, minha real vontade era não dar passividade às entidades que me assistem e permanecer ao lado daquele que, com tanta sabedoria, me conduzia nos momentos em que eu necessitava e naqueles que eu nem sabia que precisava. As palavras dele eram como profecias e eu passei a compreendê-las como um alerta, e não como uma simples orientação trazida por um mentor espiritual.

Certa ocasião, perto do dia em que celebramos a presença daquele exu entre nós, eu nada tinha a oferecer como agradecimento por tudo o que recebia a cada dia. Aquilo me incomodava profundamente e me fazia pensar bastante na situação. E foi neste dia que — sem conhecer a grande verdade que se escondia sob a capa preta dele — eu pude ouvir, como um sussurro, uma breve narrativa em primeira pessoa que vinha de forma cadenciada e eu sentia em meu íntimo a vibração da melodia que envolvia o que era cochichado em meus ouvidos. Foi assim, então, que, em um impulso impensado, peguei papel e caneta e comecei a escrever o que ouvia.

Para os curiosos que anseiam saber o que diziam os sussurros, vou reproduzi-los aqui: "Uma vez, em outra vida, eu vivia a trabalhar, e quando meu filho veio, eu não pude ajudar. Uma dor chegou intensa dentro do meu coração, em vez de Aruanda fui parar na escuridão. O meu filho, tão amado, nunca esqueceu o pai. Então, eu fui resgatado, escuridão nunca mais. Hoje, lá em Aruanda, meu filho espera por mim; hoje, eu luto na Umbanda e, por isso, digo assim: eu trabalho como exu, nunca fico de bobeira e, se você precisar, me chamo Sete Caveiras".

Sussurros anotados, melodia ensaiada, o presente daquele ano estava pronto. Um ponto-cantado que trazia mais que uma reza, trazia uma história — desconhecida por mim — que, certamente, um dia seria revelada a todos que se interessassem.

Hoje em dia, quando festejamos a presença dele, cantamos em uma só voz este ponto que, para muitos, é mais um ponto, mas, para ele e para mim, é um símbolo de luta e conquista.

Mais de dez anos se passaram desde que o conheci e hoje não tenho dúvidas de que ele me protege, me guarda e me conduz. Existem momentos em nossa vida nos quais a mera presença de alguém já é suficiente.

Laroiê, exu! Exu é mojubá! Laroiê, Sete Caveiras, mestre da Luz e da vida, caminho daquelas cujas trevas da morte carregam como um fardo.

Roberto Angeli Neto[3]
Médium da *Casa de Pai Flecha Certeira e Mãe Jaciara*

---

3 Beto Angeli é autor do livro *Umbanda em casa: prática umbandista familiar* (Fundamentos de Axé, 2019). [NE]

Este livro foi composto com a tipografia Calluna 10,5/15 pt e impresso sobre papel pólen natural 80 g/m²

ARVANDA
· livros ·